おもしろ古典教室

上野 誠 Ueno Makoto

★——ちくまプリマー新書
033

挿絵　佃二葉

目次＊Contents

第一章　古典を読むと立派な人になれるというのは間違《まちが》いだと思います……………11

第三章 読むとこんなことがわかる、なんの役にも立たないけど

第四章　人は遊びのなかに学び、時に自らの愚《おろ》かさを知る

第一章　古典を読むと立派な人になれるというのは間違《まちが》いだと思います

はじまり！　はじまり！

著者の上野誠《うえのまこと》です。これから、紙上で古典の授業をはじめます。起立、礼！　でも、教室ではありませんから、寝転《ねころ》んで読んでもいいですよ。

英語の先生が、英語の勉強が大切だよと言うように、古典の先生は古典の勉強が大切だよと言いますよね。かくいうわたしも、古典を教えることを職業としていますから、この本の結論も「もっと、古典を勉強しようよ」となることは、読者のみなさんは、もうお見通しかもしれませんね。だって、高校や大学で古典の授業がなくなったら、わたしも失業してしまいますから。

したがって、わたしの密《ひそ》かなたくらみは、この本を読んだ人が、「ええっ、古典って案外おもしろいじゃん」と思うようになることです。でも、勉強しなさいと人からいわれると、勉強というものはいやになるもんです。そこをうまくだまして、古典が好きな人を増やしたい。だから、読者のみなさん……だまされないでくださいね。

本を読むと立派な人になれるというのは間違い

ところで、本を読んだら、人格形成に役立つという人がよくいますが、そんなのはまっきりいってウソだと思います。わたしは、多くの碩学《せきがく》や学界の頂点に立った人に出逢《であ》いましたが、なかには二度と逢いたくないという人もたくさんいました（心の小さな人、強欲《ごうよく》な人、公平でない人などなど）。読書家は人格者であるとか、スポーツをすると立派な人になれるという考え方は、間違いだと思います。本を読んだり、学問をしたり、スポーツをしたりすることが、一つの人生修行《しゅぎょう》になるというのは、教養主義と呼ばれる考え方です。たしかに、そういう面もあるでしょう。

でも、古典についていえば、わたしはそういう教養主義的な古典教育が、古典のほんらい持っているたのしさを半減させているとさえ思っています。

本をたくさん読んだからといって「良い人」になれるわけではありません。どんな人が「良い人」なのか、考えるヒントになることはあっても。

僕《ぼく》もじつは……古典も現代国語も嫌《きら》いでした

とくに、読んで感動したふりをしなくてはならないのが一番苦痛でした。本を読めば、感動して、人間が成長するもんだということをお約束ごとにして教育するわけですからね。だから、課題として書かされる読書感想文なんてぇものは、適当に作品を誉《ほ》めておきゃ、合格点がもらえますよ。教科書を作った人も、教える先生も、その文章がいいと思っているから教科書に載《の》せたり、教材にしたりしているわけです。それに逆らって「おもしろくない」とか、「くだらない」とかいっちゃ、いい点数なんてつきっこありません。さらに、文法の「かきくけけ」とか「せ○《まる》きししか○《まる》」とかは、お経《きょう》かなんかの唱《とな》え言《ごと》のように思えて嫌《いや》だったなぁ。第一、教科書に載っている教材がおもしろくな

講演会で古典について語る最近のわたし。まるで宗教家のようだが、どこか間の抜けた感じも否めない？

い！「そんなのどこがおもしろいの？ぜんぜんおもしろくないよ」と思いながら、まぁ高校の卒業証書をもらうため、月謝を出している家族のために、いちおう授業を受けるふりをしていました。わたしは高校時代の現代国語や古典の授業が嫌いで嫌いでたまりませんでした。そんな高校生だったわたしが、古典の先生としてこの本を書いているんですから、不思議なことです。人生は、わからない（128頁《ページ》参照）。

「おもしろい」「たのしい」がすべての出発点ですかね

だから、今、コンパなどで学生さんから、「先生はどうして古典を読んだり、研究したりするんですか？」と聞かれたら、「ううーん。古典の授業は嫌やったけど、自分で読むようになったらおもしろくなったんやー」と照れくさそうに答えることにしています。続いて「じゃ、なんで古典の先生になったんですか?」と問われたら、「……」と照れ笑いになります。でも、なぜかわたしは古典が好きになり、今では職業にして、「先生さま」なんぞに成り上がっているんです。その上、「古典はたのしいよ」と伝えるための本まで書いているじゃありませんか。いつから、どうして、そうなったんだろうと、ふと考え込《かんがこ》むことがあります。

どうやら「おもしろい」とか「たのしい」とどこかで思いはじめたことが出発点になっているようです。この本では、わが青春の日々を思い出しながら、いつから、どうしてそうなったか……という自分探しをしてみたい、と思います。

おもしろいにはじまり、おもしろいにおわる——『論語』

では、今なぜ、古典を読むのかと聞かれると、「おもしろいから」としか、答えられません。だから、わたしの場合、すべては「おもしろい」「たのしい」から出発して、そこがまたゴールになっています。でも、そんなことをいうと、他の多くの古典の先生から叱《しか》られるかなぁ、そういう読み方は、いけないのかなぁ、とも思いますが……な、なんと中国の古典の中でも最古のものに属する、まさに古典中の古典、『論語』の冒頭《ぼうとう》には、こうあるんです。


孔子《こうし》先生は、こういった。学んで、それをそのおりおりに心のなかで思いをめぐらせて考えをあたためてゆく、なんと嬉しいことじゃないか。友だちが遠方からやってくる、なんとたのしいことじゃないか。人が自分のことを認めてくれなくても、腐《くさ》ったりしない、それこそほんとの君子じゃないか。

（『論語』学而《がくじ》第一、拙訳《せつやく》）

☞書き下し文135頁

『論語』は、学んでそれを自分で考えることの嬉《うれ》しさとよろこび、友だちと語り合うことのたのしさを語った孔子の言葉からはじまるんですね。勉強して、自分で考え、友だちと語り合う……それだよ、古典を学ぶことのたのしさは、と孔子がわたしに語りかけてくれているようです。おもしろいから読む、たのしいから学ぶ、それでいいとわたしは思います。何かの役に立つとか、人格が向上するとか、そんなことは二の次でしょう。ましてや言わんや、出世のために学ぶんじゃない！　そのことは、「人が自分のことを認めてくれなくても」以下の一文に、ちゃんと書かれているではありませんか。だから、わたしは「古典おもしろ第一主義」でゆきます。虎《とら》の威《い》を借りて、『論語』も冒頭でそう述べているぞ、おもしろくなきゃ、たのしくなきゃ、読む必要などない、というわけです。

とすれば、古典の入門の授業で、先生がすべき仕事は……？　それは、古典を読むことのおもしろさを全力で知らせることじゃあないでしょうか（しかし、それがじつに難しい。わたしも、悪戦苦闘《くとう》の毎日を過ごしています）。

古典なんか死んだ人のカスみたいなもんだ——『荘子《そうし》』

古典はおもしろいから読んでいるとわたしはいいましたが、一方でその古典だってしょせんは過去に生きた人のカスやゴミみたいなもので、何の価値もないという意見が、じつはあるんです。ところが、そう書いてあるのが、これまた中国の古典中の古典『荘子』だから、おもしろい。『荘子』外篇《がいへん》の天道第十三の一部分を、わたしなりに要約して、お伝えすることにします。題して、上野先生の古典劇場「お殿《との》さまと扁《へん》じいさんの問答」のはじまり、はじまり！

あるとき、桓公《かんこう》というお殿さまが、表座敷《おもてざしき》で本を読んでいたとさ。その軒下《のきした》では、車輪作りの職人の扁じいさんが、車輪にする木を削《けず》っていた。車輪作りの道具をおいて、表座敷に上った扁じいさんは、お殿さまにこう聞いたんじゃ。

扁　わたしのようなものがとも思いますが、敢《あ》えてお聞きしたいことがございます。お殿さんが読んでいらっしゃるのは、どなたのお言葉ですか？

殿　聖人さまのお言葉じゃよ。

扁　それで、その聖人さまとやらは今生きておいでなんですか？

殿　そりゃ、とうに亡《な》くなっておられるさ。

扁　それじゃ、お殿さんが、読んでおられるものは、昔の人のカスみたいなもんで、なんの役にも立ちますまい……。

殿　この無礼者！　殿様であるこの俺様《おれさま》が本を読んでいるのにだなぁ、お前のような一介《いっかい》の車輪作りの職人が、何を言う。申し開きができるならよし、さもなくば即刻無礼《そっこくぶれい》討ちじゃ。

扁　わたくしめ扁は殿様の臣下の車輪職人、ですから車輪作りのことで考えてみます。まぁ、お聞きくださいまし。車輪というものは、削って作るのでございますがね、これがゆっくり静かに削りますと、合わせ目がゆるくて、車輪はばらばらになってしまいます。よけいに削れてしまうんでございますよ。じゃあ、速く鋭《するど》く削ればよいかといえば、さにあらず。合わせ目がきつくて入らないのでございます。ゆるからず、きつからず、その削るときの速さや力加減というものは、自分の手で覚えるしかないのでございまして、口では説明することができません。したがいまして、息子《むすこ》にすら、教えてやれません。というわけで、齢《よわい》七十の年老いた今もなお、車輪を削っておるのでございます。わたくしめは、これと同じだと思うんでございますよ。お殿さまがお読みになっている本のお偉《えら》い先生とやらも、死んだんでございましょ。そしたら、そのありがたい教えとやらも、伝えられるわけじゃない。その聖人さまも、その人の教えとやらも、ともに消えてなくなっているのでございますよ、とっくの昔に。だから、おそれながら、お殿さまのお読みになっているところのものは、まぁ昔の人の残したカスとしかいいようがないのでございます。

（要約）

☞原文書き下し文136頁

扁じいさんの主張はこうです。本を読め、古典を読めというけれど、それでほんとのことがわかるのかい。言葉で、すべてが伝えられるわけではないのだよ。だから、大切なことは、今生きている俺たちがどう考えるか、どう生きてゆくかということじゃないの?!

学んでも自分で考えないと、勉強する意味が無い

孔子大先生はいいます、古典を学ぶと楽しいよ、と。対して、扁じいさんはいいます、古典なんて学んでも、何の役にも立たないよ、と。でも、そういう二つの考え方もあるんだということを、わたしに教えてくれたのも古典なんですよね。皮肉というほかありません。

古典なんて古人のカスだ。そのカスをありがたがって教えている古典の先生はカスのなかのカスだと、二十歳《はたち》のわたしは、この部分を読んで苦笑しました。当時は、古典を学ぶ大学生だったのですけれど。しかも、教員志望の。

わたしは、純朴《じゅんぼく》な文学青年ではなかったので、悩《なや》みはしませんでしたが、それからというもの、本を読むことについての考えを新たにしました。読んだ事柄《ことがら》について自分がどう受け止めるのか、それがもっとも大切なことである、と思い至るようになりました。

一番大切なのは、「今」と「自分」なんです。『論語』為政《いせい》第二では、このことについてこういっています。拙訳で示してみましょう。

孔子先生は言った。本や先生から学んだとしても、自分で考えてゆかなければ、生きてゆく道など知り得ないだろう。けれど、自分で考えるだけで、学ぶところがなければ、道から外れて危険だ、と。

（『論語』為政第二）

☞書き下し文138頁

つまり孔子は、学んでも自分で考えないと、勉強する意味が無いよ、といいたいのでしょう。もちろん、他人や本から学ぶ姿勢を忘れては危険だから、両方が必要である、といっているのです。

「今」と「自分」が大切なのであって、古典や過去が大切なのではない

以上のようにわたしは考えていますので、大学で行なっている古典の授業では、こう言っています。古典だからすばらしいのではない、その古典を読んでおもしろいとか、たのしいとか思う「今」と「自分」がすばらしいのだ、と。美味《おい》しい料理はすばらしいものかもしれませんが、味わうのは「今」の「自分」の舌です。ご馳走《ちそう》だって、体調が悪いとまずく感じられますよね。

また、どんなに鏡が高価でも、姿を映そうとする人がいなくては、鏡としての価値は存在しないのと同じです。古典は、今を映す鏡ですが、同じことがいえるのです。つまり、古典を学ぶ人は、「自分」が「今」読んでいるんだということを強く意識して、読んでほしいのです。そうしないと、古典は過去の人間の残した単なるカスやゴミと同じになります。

言葉の背後にある心を想像する

ここに、りんごがあるとしましょう。赤くて、甘《あま》いりんごです。しかも、みずみずしい。きっと、おいしいと思います。けれど、わたしが今、手元にあるりんごのことをどんなに一生懸命《けんめい》に説明しようとも、聞き手や読み手に伝えられることには限界があります。つまり、言葉はしょせん言葉でしかないのです。そのりんごを見て思った心情のすべてを、言葉で伝えることはできないのです。

恋《こい》だって、同じことです。胸を焦《こ》がす恋心だって、言葉で伝えられるのは、ごく一部です。日本において現存する最も古い歌集『万葉集』に、こんな歌が載っています。

口に出して言ってしまえば
「恋」なんてうすっぺらな言葉だよ……
でもね、アタイはね、忘れないよ、アンタのこと。
たとえ、恋に狂《くる》って、死んじまったとしてもね――

（巻十二の二九三九、拙訳）
☞原文138頁

「恋《こひ》といへば　薄《うす》きことなり　然《しか》れども　我《あれ》は忘れじ　恋《こ》ひは死ぬとも」（作者未詳《みしょう》、書き下し文）という歌です。ちょっと遊んで、不良少女風に訳してみました。口に出せば薄っぺらなことばになってしまう、わたしのあなたへの気持ちは言葉では伝えられないほどよ（それほど愛している）……と作者は歌っているのです。もし、この歌に感動したり、おもしろいなと思ったりした人がいたとすれば、それはこの歌の言葉の背後にある「心」を、読んだ人が「想像」したからです。言葉ではわたしの恋心を伝えることができない、という歌に共感するのは、読んだ人が、言葉の背後にあるものを「自分」で考え、「想像」したからです。読んだ「今」、その時に。

つまり、言葉の背後にある心とか心情とか呼ばれるものに思いをはせ、想像しないと、ほんとうに読んだことにはならないのです。だから、また語り手や書き手の方では、相手の想像力を刺激《しげき》するような言葉を選ぶわけですね。

再び『荘子』の言葉を

先に、『荘子』という本に書いてある扁というおじいさんとお殿さまの問答を取り上

げて、古典なんか読んでも何の役にも立たないよ、という考え方が存在することを示しました。そして、言葉というものはすべてを伝えられるわけではないので、言葉を手がかりにして考えたり、想像したりしないと、古典を学ぶ意味がないのでは……と話を進めてきました。じつは、『荘子』にはその問答の直前に、書物と、言葉と、言葉の背後にある意味や心情について、書かれた部分があります。数ある古典のなかでもわたしの好きな文章の一つで、はじめて読んだときの記憶《きおく》が今も鮮明《せんめい》に蘇《よみがえ》ります。これも、二十歳のころでした。その部分を今あらためて、この新書のために自分で訳してみました。わたしの専門は、中国哲学《てつがく》ではないので、拙《つたな》くて恥《は》ずかしいかぎりですが……。わたしの古典への旅は、この文章からはじまったのです。何度読み返してみても、やはり古典を学ぶ者にとって大切なことが書かれている、と思います。

世の人は、生きる道を知るために、もっとも尊ぶべきものは本であると考えている。けれど、本というものは、単なる言葉に過ぎない。たしかに、言葉は尊ばれるべきものである。しかし、言葉が尊いのは、言葉の背後に意味があるからである。さらに意味の背後には心情がある。ところが、言葉の意味の背後にある心情は、言葉では伝えることができない。そうであるにもかかわらず、世の人は、言葉を尊ぶので、それを書にして、伝えようとする。そのようなものは、たとえ世の人がどんなに尊んでいようとも、尊ぶべきものではない。それは、ほんとうに尊ぶべきものではないからだ。以上のことを踏《ふ》まえて、考えてみよう。目で見ようとして見ることのできるものは形と色であり、耳で聴《き》こうとして聴くことができるものは、物の名前と音でしかない。悲しいかな、世の人はこの形と色、名と音によって、言葉の意味の背後にある心情を知ることができる、と考えている。形・色・名・音をどんなに詳《くわ》しく知ったからとて、言葉の意味の背後にある心情などわかるはずもない。というわけで、「言葉の背後にある意味、さらにその背後にある心情を知っている者は語ろうとはせず、語ろうとする者はそれを知らない」のである。そんなことすらもわからずに、世の人はどうして言葉の背後にある心情に迫《せま》ることができようか。できるはずがない。

（『荘子』外篇、天道第十三、拙訳）

☞書き下し文139頁

言葉を理解すること、心を理解しようと想像すること

蛇足《だそく》になりますが、この章の終わりにこんな話をしておきたいと思います。『荘子』の文章の内容と重ね合わせて、考えてみてください。怪我《けが》をして、ある人が「痛い！」と言葉を発したとします。でも、叫《さけ》んだ人の痛さを、他人は経験することができません。しかし、「痛い！」という言葉から、その痛さを想像することはできます。だから、言葉を発する人は、必死になって相手の想像力に訴えかけるように表現します。「きりきり痛い」「ずきずき痛い」「死ぬほど痛い」というように。

やはり、言葉は言葉で、記号でしかないのです。したがって、記号である言葉の背後にあるものを、聞き手や読み手が考えたり、想像したりしないかぎり、言葉を理解した

ことにはならないし、本を読んだことにもならないのです。

＊Column 1 ＊考古学・歴史学への羨望《せんぼう》

毎年、大学入試のシーズンになると、日頃《ひごろ》は音信不通の友だちから電話がかかってくる。といっても裏口入学の話ではない。彼《かれ》らは、同じ国文学科や日本文学科に勤めていて、受験者数激減に際して、情報交換《こうかん》をしようというわけである。切り出しは、きまって「うちは〇〇パーセントも減ってね。ところで、君のところはどうだ」である。ところが、同じ文学部でも歴史系や考古学系は、好調である。入試関係の会議で、他の教員から国文に向けられる視線は、ことのほか厳しい。

これは、国文学が若い人に対するマーケティングに完全に失敗してしまったからである、と考えている。「文学青年」は絶滅《ぜつめつ》したが、「考古学青年」や「古代史おたく」はいるのである。それは、『万葉集』や『源氏物語』を読む楽しさを、国文学者が若い人の心に届くメッセージとして発信しなかったからである。

実際に、古代史専攻《せんこう》を希望しつつ、挫折《ざせつ》して入ってきた国文の学生に『万葉集』の講義をすると、本当にやりたいのはこっちの方でしたという学生も多い。もちろん、ごますりは割り引くべきだが、古代人の声を伝える万葉歌の表現を読み解く楽しさに目覚める学生も多いのである。

わたしは、古代学を次のように分類している。史料を読み解く歴史学は内科とすれば、直接に土を掘《ほ》る考古学は外科《げか》。そして、古代文学研究は、心療《しんりょう》内科であると思っている。飛鳥《あすか》の時代を生きた少女の恋心は、掘りだした土器を見てもわからないし、『日本書紀』にも書いてない。新聞は、一面記事が大切だが、読んでおもしろいのは、三面記事。そして、庶民《しょみん》の声を伝えているのも三面である。だから、国文もおもしろいよ！

第二章　こんな生き方したいと思ったとき

嫌《きら》いな文芸評論家との出逢《であ》い

大学時代、わたしは寮《りょう》生活をしていました。その寮では、学生のためによく講演会を開いてくれて、歴代の首相《しゅしょう》をはじめ、著名人たちの講演を聴《き》くことができました（寮生活の話は、長くなるのでこの本ではしません。悪《あ》しからず）。あるときその講演会に、シェークスピアの名訳でも知られる福田《ふくだ》恆存《つねあり》（一九一二―一九九四）という文芸評論家がやって来ました。当時は、大学入試問題にもよく出ていたっけ。でも、わたしは福田さんの文章が大嫌いでした。何が嫌《いや》かって、人を見下したような物言いが、鼻について嫌いでした。それに、現代国語の試験に出題されると、難しすぎてまず点が取れなかった。というわけで、講演の主たる内容についてはなーんにも記憶《きおく》に残っていません。でも、以下の余談のことだけはしっかりと覚えています。福田さんは、こういうことを言った、と記憶しています。

最近、ホテルで大火災があり、多くの人が焼け死んだ。旅行を首を長くして待ちわびて、やっとホテルでくつろいでいた四十人のお年寄りたちが、火炎《かえん》のなかで悶絶死《もんぜつし》した。悲惨《ひさん》なことだ。どうも、防火設備に問題があったようだし、従業員の訓練も不十分で、非はホテルにあるようだ。だから、ホテルの経営者は責められるべきだし、これから世のホテルは悲惨な火災にみまわれないように、防火設備を充実《じゅうじつ》させてゆかなくてはならない。それは、それでいい。けれど、一方では、われわれは次のことを悟《さと》らなくてはならない。亡《な》くなった人の命は、二度と戻《もど》ってこない。われわれが、死んだ人に対してできることなど一切《いっさい》ない。祈《いの》るのはかってだが、それは生きている者の気休めだ。生きて生《せい》あるわれわれにできることは、せいぜい今をしっかりと生きるということだけだ。簡単に言えば、死んだ人のことは、あきらめろということだ。現代人は、「あきらめる」ということを知らない。「あきらめる」ということは「無常」を知るということだ。人

間というものは、この「無常」ということを知るがゆえに、今ある生を大切にするのだ。現代人には、その覚悟《かくご》がまるでないからダメだ。

温厚なわたしが講演会を途中《とちゅう》退席した理由

福田さんが時の話題として述べた大火災とは、栃木《とちぎ》県の川治《かわじ》プリンスホテルの惨事のことです。この火災で、計四十五名の方々の尊い命が失われたのでした。一九八〇年のその当時、利潤《りじゅん》追求の果ての人命軽視ではないかと、それはそれは大きな社会問題にさえなっていました。

ところで、講演の最中に福田さんの話が一段落ついたときのことです。ひとりの学生が「インテリは火事もネタにして、講演料をもらえるからいいよね」と小声を漏《も》らしたのですが、それがどういうわけか多くの学生に聞こえてしまいました。音響《おんきょう》のいい講堂だったからでしょう。すると、堰《せき》を切ったように、会場がざわつきはじめました。一部の学生は机を叩《たた》いたり、退席したりしました。なぜならば、当時は連日連夜、この大惨事の報道がなされていたからです。その退席した学生のなかに……二十歳《はたち》のわたしもいました。

記憶の彼方《かなた》に、かすかなものが……

「ざまあみろ」「やっぱり、鼻につく」などと言いながら、わたしは部屋に戻りました。ただ、部屋に帰ってみると、次のことに気づきはじめました。少しずつでしたが……。福田さんは、死んだ人がかわいそうじゃないと言ったわけではない。かわいそうだが、死んだ人のことは、もうどうすることもできない、だから今ある命が大切ということを言っているのだ、と。

嫌いだったから、耳に正しく入らなかったのでしょうか？　そうではないと思います。恥《は》ずかしいことですが、二十歳のわたしには、その違《ちが》いを講演会場で、すぐに認識《にんしき》することができなかったのです。

すると、ちょっと気になることが、突然《とつぜん》胸に去来してきました。そういう考え方なり、思想なりを、どこかで学んだような気がしはじめたのです。ところが、それをどこで学

寮の部屋で、20歳のころのわたし。恥ずかしい！　カッコつけすぎ！

んだのかが、どうにもこうにも思い出せない。さっぱり、手がかりがない。いらいらしながら思い出そうとした記憶があります。しかし、あれこれ考えているうちに、その日は寝《ね》てしまいました。ちょっとしたことが、思い出せなくていらいらすることって、ありますよね（それは、まさにちょっとしたことだからなんですが）。でも、翌朝、目が覚めると、そんなことはケロリと忘れていました。あまり関心がなかったのか、それよりもほかのことに関心があったからか。とにかく、忘れてしまったのです。

めでたし、めでたし！

それから、数年後、わたしは寮の部屋《へや》替《が》えをするために、本をダンボールに詰《つ》めて、運ぼうとしていました（その寮では半期に一度部屋替えをするのです）。すると、高校時代の古文の補習のテキストが出てきました。「な、な、な、なつかしい。そうそう、高一のときの補習授業は、広瀬《ひろせ》先生担当で『徒然草《つれづれぐさ》』だったな」などと、関係者以外誰《だれ》にもわからないひとり言を言いながら、頁《ページ》をめくってゆくと第九十三段の「牛を売る者あり」の練習問題がありました。そうか、こんなのやってたんだ、と高一時代の思い出に浸《ひた》っていました（ちなみに、ピンクレディー全盛《ぜんせい》のころです）。

そのときでした。「あっ、これだ！」と、またひとり言が口をついて出たのは。そうです。途中退席した講演会の夜のことを思い出したのです。それは、かの日の福田恆存さんの講演と、『徒然草』が結びついた瞬間《しゅんかん》でした。そうか、あのとき気になったのは『徒然草』だったんだぁ。めでたし、めでたし。思い出したぞ！

牛を売る者あり

じつは、次に掲《かか》げる『徒然草』の文章は、わたしのお気に入りの文章なんです。だから、本書の執筆依頼《しっぴついらい》を受けたとき、いの一番に、この文章について書きたい、と思いました。そこで、まず前半を訳してみます。『徒然草』のもつ独特の逆説的論理構成と、それを支える文体をうまく訳せるか不安ですが、やってみましょう。

「牛を売ろうとする人がいた。対して、牛を買おうとする人は、翌日、代金を支払《しはら》って、牛を買い取ろうと言った。ところが、その夜のうちに牛は死んでしまった。すなわち、この場合、牛を買おうとする人には、利益があったことになり、牛を売ろうとした人は、損をしたことになる」と語る人がいた。（拙訳《せつやく》）

☞原文140頁

牛の売り買いと言っても、今の人はピンと来ませんよね。これは耕作に使う役牛《えきぎゅう》ですから、農家の人にとっては、牛が何年働いて田を耕してくれるのか、ということが大切なんです。ですから、牛を買った翌日に牛が死んでしまえば、買った人は丸々損をしたことになるのです。

人生は博打《ばくち》だといわれる意味も、ここにあるのでしょう。数十年にわたってえいえいと働き続け、やっと得た退職金で、老後の生活資金をかせぐために株を買った人がいました。ところが、買った翌月にその会社が倒産《とうさん》して、株券が紙屑《かみくず》になったという話を、わたしは聞いたことがあります。株を買った人は、買うのを一カ月遅《おく》らせたなら、悲劇は免《まぬか》れたのに、と地団駄《じだんだ》を踏《ふ》んだそうです。

すいません、余談をさせてください

ここで、余談。しかも、歴史に「if《イフ》（もしも……）」をつけての無駄話をします。時はさかのぼって、太平洋戦争の話です。日本が真珠湾攻撃《しんじゆわんこうげき》を半年も遅らせていたら……同盟国のドイツとイタリアのヨーロッパ戦線における苦戦のニュースが伝わってきて、アメリカに対して宣戦布告（一九四一年十二月八日）をすることがなかったのではないか、という意見があります。つまり、事前に負《ま》け戦《いくさ》になることがわかっていたら、日本としても戦争を回避《かいひ》したのではないか、というのです。これは、海軍中尉《ちゅうい》だった死んだオヤジの口癖《くちぐせ》でした。「ちょっと待てば、ドイツがこけたから、日本はアメリカに戦争をしかけなかったよ」と、父は飲めない酒を飲むと必ずそう言っていました。でも、それはしょせん後から考えたことです（後知恵《あとぢえ》）。そこから学ぶべき点は、予測というものは難しいということくらいでしょうか。

話を『徒然草』に戻すと、牛を翌日に買い取り、代金を払うことにしておいて、よかったですね。牛を買おうとしていた人にとっては、ほんとうにラッキーでした。

屁理屈《へりくつ》か、人生の真実か、それが問題だ

ここまでが、普通《ふつう》の人の普通の考え方です。しかし、『徒然草』を書いた吉田兼好《よしだけんこう》という人は、普通の人じゃありません。『徒然草』がおもしろいのは、普通じゃないからです。兼好はときには巧妙《こうみょう》な論理で、ときには詭弁《きべん》や屁理屈とも思える論理で、人生の

真実を炙《あぶ》り出《だ》してくれます。話の続きはこうです。ただし、後半は、大胆《だいたん》に意訳していますす。その点は、ご注意ください。読めば、福田さんの講演での話とつながるところが、おぼろげながら見えてくるはずです。

この話を聞いて、そばにいた人は、こう言った。「牛の持ち主は、ほんとうに損をしたと言うけれど、それと同時に、大きな利益を得たはずだ。その理由はといえば、生きとし生ける者は、死というものが自分の近くにあるということを知らない。その点では、牛の話のとおりである。ならば、人とても同じこと。予想だにできぬことではあったが、牛は死んでしまった。一方同じことながらはからずも牛の持ち主の方はといえば、今生きている。一日の命というものの価値たるや、億万の金よりも重いものだ。してみれば、牛の代金など、ガチョウの羽よりも軽いもの。そう考えれば、一日の命という億万の金を得て、それに比べれば一銭の値打ちしかない牛の代金を取《と》り損《そこ》なった人に、かりにも損があったなどとはいえまい」と。すると、そこにいた一同は、嘲《あざけ》って「そんな屁理屈を言うなら、牛の持ち主のみならず、今生きている者はことごとく億万の金を得ていることになってしまうではないか?!」と言った。

（拙訳）

☞原文140頁

命の重さは、地球より重いという人がいますが、売ろうとした牛よりも、一日でも長生きができたとすれば、それは億万の金を得たのと同じこと。したがって、牛を売ろうとした人に損はないというのです。まことに、不思議なことをいうもんです。

わたしは、勤め先の奈良《なら》大学で、一般《いっぱん》教養の「文学」という科目を講じたことがあります。その授業で、この文章を取り上げたのはいうまでもありません。そのときに感想を書いてもらったのですが、三割の学生さんは、やはり牛を売ろうとした人が損をしているのであって、この『徒然草』の論理は屁理屈で空論だ、と書いていました。残りの七割の学生は、この教材を選んだわたし、並びに吉田兼好に敬意を表して、この論理の妙とそこから炙り出された人生論を称《たた》えていました。というか、気を遣《つか》ってくれたのでしょう。読者のみなさんは、どう思います？

人皆《みな》生を楽しまざるは、死を恐《おそ》れざる故《ゆえ》なり

このあと、その理由が、生死をめぐる哲学論《てつがくろん》として展開されます。つまり、「牛を売る者」の話は、一つの例話だったのです。

そこで、先ほどの人物は、またこう言った。「そういう論理を普遍化《ふへんか》すれば、人間というものには、死を憎《にく》むのならば、億万の金よりも重い生を愛すべきである、という人生の大原則のごときものが存在することになる。この生きて今あるという喜びを、日々に楽しまなくて何とする！　対して、愚《おろ》かなる人たちは、この生きて今あることの楽しさを忘れ、無駄骨を折って、金だの名誉《めいよ》だの、二の次三の次の楽しみの方に心を向けて、生きて今あるという億万の値《あたい》を持つ宝が存在しているということを忘却《ぼうきやく》してしまっているのだ。そして、一夜にして消え去る危《あや》うい宝ばかりを求めている。それでは、生きる意味を問い、それに答えるといった志を持った生き方を貫《つらぬ》いてゆくことはできない。生ある間に、生きて今あることの喜びを楽しむことなく、死に際して死を恐れるというのなら、死を憎み生を愛すべしという人生の大原則が成り立たないではないか。人が皆、生きて今あるという喜びを楽しまないのは、死というものを恐れていないからである。いや、死というものを恐れていないのではなくて、死というものが自らの近くにあるということを忘れてしまっているのである。ただ、もしも、そういう生き方ではなくして、生死のことなどもう問題にもしないという生き方に徹《てっ》することができるというのなら、それはそれで本物かもしれない。」と言うと、まわりにいた人びとは、ますますこの人のことを嘲った。

（拙訳）

☞原文140頁

この不思議な議論を展開する人は、兼好ないしは兼好の分身であると考えられていま す。なるほど、そうかもしれません。兼好は、この奇妙《きみよう》な議論が、世間には受け入れら れないということを知っていたのではないでしょうか。だから、語り手に同意しない聞き手を登場させて反論させたり、嘲りの言葉を吐《は》かせたりしているのです。

人、死を憎まば、生《しよう》を愛すべし。存命の喜び、日々に楽しまざらんや

わたしは、原文にある「存命の喜び」を「生きて今ある喜び」と訳出しました。この文章の要点を一言でいうと、生きて今ある喜びを知らぬヤツは、愚か者だということです。ただし、じゃあ「存命の喜び」って、具体的にはいったい何だい？ と聞かれると困ってしまうのです。まぁ、試験の模範《もはん》解答としては、いきいきと生きる喜びというのでしょうが、ほんとうの答えにはなってませんよね。やはり、疑問は残ります。そこで、多くの国文学者は、名誉やお金などの虚飾《きよしよく》によらない人生の喜びなどということを補って考えるのです。わたしも、そう補って、訳文を作りました。でも、名誉やお金で、喜

びを感じるということもあるはずです。わたしは、何ものにもとらわれない清らかな心をもって真理を探究する研究者ですが、名誉やお金も大好きです。この本では、名誉やお金など虚飾だと言っていますが、密かにこの本の印税を計算して、「売れたらいいなあー」と取らぬ狸《たぬき》の皮算用をしていますし、助教授のときは、早く教授になって、威張《いば》りたいと思っていました。

とはいうものの、わたしとて、小さいながらも、無垢《むく》の志がないわけではない。すぐれた論文を書いて、少しでも研究を前進させることができたらとも考えていますし、授業がうまくゆくとこれまた嬉《うれ》しいもんです。だから、授業の準備にもそれなりに気を遣っています。ことに、試験の答案用紙の最後に「先生の授業で、はじめて学ぶ喜びを知りました」なんて書かれた日には、もう、嘘《うそ》だとわかっていても無邪気《むじゃき》に喜びます。焼肉をおごってもいいくらいです。

しかし、お前にとっていったい何が「存命の喜び」かと、聞かれると、答えに窮《きゅう》してしまいます。わたしにとっての至福のときっていつだろう？　一切れ数万円の松阪牛《まつさかうし》のすき焼きをいただいたこともありますが、食べた後、少し淋《さび》しい気分になりました。また、たまにご接待で、夜の世界では有名なクラブで、心をとろかすような美人のホステスさんとお酒をいただく機会もありますが、気が付くとこちらの方が気疲《きづか》れしていることもあります。「存命の喜び」って、いったいなんだろう、と考《かんが》え込《こ》んでしまいます。

「生きて今ある喜び」って何よ？

いろいろ考えても結論は出ないので、逆にこう考えることにしようと思います。「あぁー、生きていてよかったと実感できた瞬間」に「存命の喜び」というものは生まれるのである、と。だから、どの事柄《ことがら》が「存命の喜び」かということについては、特定などできない。ある人にとっては「飲む」「打つ」「買う」で得られる喜びであり、ある人にとっては「読書」や「仕事」で得られる喜びである……だったら、「お金」や「名誉」だって、その一つになり得るはずです。また、十代の読者が想定されているこの本でははなはだ言いにくいことですが、セックスによって得られる喜びも、その一つにはなり得ます。

至福の瞬間に出逢える日を夢見て生きる

ただし、ややお説教めいたことを言わせてもらうと、お金や物、さらには与《あた》えられた快楽によって得られる喜びには限界があると思います。一億円する家に住んでいる人が、三百万円の家に住んでいる人より、幸せであるという保証などどこにもありません。価格はどうあれ、家を努力して手に入れたときの喜びのほうが大きいでしょう。要は、心の底から生きていてよかったと実感できるかどうかです。人間とは、そんな至福の瞬間にいつか出逢える日を夢見て、残りの人生の時間を生きている動物なのだ、と思います。これもよく言われることですが、人間は夢みる力によって生かされている淋しがり屋の動物なのです。

再び福田恆存の講演へ、響《ひび》きあう言葉

『徒然草』の「人皆生を楽しまざるは、死を恐れざる故なり」という言葉と、福田さん

の言った「われわれが、死んだ人に対してできることなど一切ない。生きて生あるわれわれにできることは、せいぜい今をしっかりと生きるということだけだ」という言葉が、心のなかで響きあったとき、わたしは少しだけ興奮し、小さな喜びを感じました。そして、その言葉を大切にしようと思いました。まぁ恥ずかしながら、座右の銘《めい》ということになりましょうか。

しかし、『徒然草』第九十三段の言葉を、高校一年生で読んだときは、何も感じませんでした。おもしろいとも、思いませんでした。でも、うっすらとは、記憶のどこかにあったんでしょうね、この文章のことが。それが、福田さんの講演の言葉と頭のなかで結びついて、その意味を考えるようになったんです。とすれば、寮の部屋替えにも感謝かな。ラッキーでした。また、高一のときの補習のテキストを捨てずに二十歳すぎまで持っていたわたしも偉《えら》い！

福田さんはおそらく、当時の報道のあり方を憂《うれ》えて、未来を担《にな》う若者たちにものの見方の多様性を伝えようと、わざと挑発的《ちょうはつてき》に言ったのだと思います。だから、福田さんは福田さんなりに考えて、メッセージを伝えたのでしょう。生きている間に、福田さんにお聞きすることはできませんでしたが、たぶん福田さんの脳裏《のうり》にも兼好の言葉があったのではないでしょうか。

しかし、わたしには、福田さんのいっている意味が、当時は少しもわからなかった。だから、反発し、講演会を途中退席したのです。

もう、賢明《けんめい》な読者のみなさんにはおわかりでしょう。わたしが第一章で、「今と自分が大切なのであって、古典や過去が大切なのではない」「学んでも自分で考えないと、学んだ意味がない」「だから言葉の背後にある心をひとりひとりが想像することが大切だ」と繰《く》り返《かえ》し述べて力説する理由が。

本章で述べたような体験をしたからこそ、第一章で述べたような考え方をするようになったのです。お陰《かげ》で今でも、わたしは『徒然草』の「牛を売る者あり」の文章のことを思い出すと、「存命の喜び」を感じることが、直近にあったかどうか、これから未来に起こり得るか、そのときのために日々の努力を怠《おこた》っていないか、あれやこれやと考え込んでしまいます。それをカッコつけていうと、「古典とは、今を映す鏡」ということになるんです。

つながって、響きあって、広がってゆく

本章では、わたしと『徒然草』第九十三段の出逢いについて語ってきました。学んでも、何も感じなかった言葉が、ある偶然をきっかけに、自分にとって大切な言葉となった過程を、思い出話で語った次第です。それは、わたしにとって一つの喜びでした。頭のなかで、知識や思いがつながって、それが響きあって、広がってゆく。急に、お説教臭《くさ》くなりますが、それこそ学ぶ醍醐味《だいごみ》だ、と思います。

ところで、わたしが研究において専門としているのは、『万葉集』の研究です。その『万葉集』のなかにも、兼好の考え方につながる考え方があることを、あの「部屋替えびっくり事件」からほどなくして知りました。わたしは大学では万葉研究会に属していたので、一年生のときから、わからないなりに『万葉集』を読んでいたのです（この研

究会については、別の機会に話します。悪しからず）。あるとき、ふと目に止まった歌がありました。大伴旅人《おおとものたびと》の「酒を讃《ほ》むる歌十三首」のうちの一首です。まず、大胆な意訳で示してみます。

生きとし生ける者は——
ついには死を迎《むか》える
ならば、この世にいる間は……
楽しく生きなきゃー、ソン！

（巻三の三四九、拙訳）
☞原文142頁

「生ける者《ひと》　遂《つひ》にも死ぬる　ものにあれば　この世にある間《ま》は　楽しくをあらな」（書き下し文）を、このように訳してみました。一般には「生きている者は、いずれは死ぬと決まっている。だからこの世にある間は、楽しむべきだ」と訳すところです。この歌は、酒をほめる歌ですから、もちろん飲酒のたのしみを歌っているのですが、生が有限であればこそ、生をたのしめという思想は、『徒然草』第九十三段のそれに近いものです。だから、お酒もたのしもうよということです。一種の現世享楽主義《きょうらく》ですね。

なるほど、知識というものは頭のなかで、つながって、響きあって、広がってゆくのかぁーと、この歌を見つけて、わたしはまた嬉しくなってしまいました。

死を自覚するとき

『徒然草』は、わたしたちに問いかけてきます。「死というものが自らの近くにあるということを忘れてしまっている」ことが問題だと。でも、ときとして、それを自覚する瞬間もあります。それが、災害のときです。

先日、新潟《にいがた》水害(二〇〇四年)の避難所でボランティアとして働いていた学生と、研究室で話をする機会がありました。彼《かれ》は「お年寄りは瓦礫《がれき》の下から位牌《いはい》を持ってきて枕《まくら》元《もと》に置いているんです。位牌というのはそんなに大切なものですかねぇ」と不思議そうに話してくれました。これは、民俗学《みんぞくがく》という学問によってすでに明らかにされている事柄なのですが、家の祖先祭祀《さいし》の断絶を恐れて、災害時にその祭祀の対象となる位牌を持ち出すという日本人特有の行動パターンがあるのです。よくお年寄りは「ご先祖さまにもうしわけない」といいますよね。しかし、家の祖先祭祀自体があまり意識されなくなった今日においては、位牌の代わりにアルバムを持ち出す人も多いという調査結果も出ています。だいいち、仏壇《ぶつだん》の無い家も多い昨今です。

しかし、意外なことに、位牌とアルバムには共通している点があるんです。それは、どちらも過去の自分と現在の自分を結ぶ証《あかし》となるという点です。これを考えるには、アイデンティティという言葉で説明するのが早道かもしれません。つまり、自己の存在を確認する証として、心のよりどころになるものが、アイデンティティなんです。位牌とアルバムはどちらも、過去と自分をつないで、自分が自分であることを証明する心のよりどころ、すなわちアイデンティティになるアイテムなのです。

この話を聞いて、「突発的災害に見舞《みま》われ避難する場合、現金・印鑑《いんかん》・通帳・当面の生活物資のようなものが確保されたあと、何を持って逃《に》げるか」ということを、授業中に学生さんたちに質問してみました。予想どおり、ほとんどの学生さんはアルバムと答えましたが、約一割の学生さんの答えは位牌でした。ちなみに、位牌と答えた学生は全員三世代同居者で、家には仏壇がある人でした。つまり、おじいちゃん、おばあちゃんの文化の遺伝子を引《ひ》き継《つ》いでいるのですね。

古典から考えてゆく

『徒然草』は、死を自覚せよということをわたしたちに問いかけているわけですが、このわたしにも、死を自覚した、というか自覚させられた夜がありました。じつは、わたしは最期の住みかとなるべきお墓を、故郷の九州・福岡《ふくおか》に持っています。これは、祖母からプレゼントされたもので、菩提寺《ぼだいじ》に納骨堂が建てられる際、祖母が一角を購入《こうにゅう》したものです。生前に建てる墓のことを「寿陵《じゅりょう》」といいますが、まぁささやかながらも、その一種と考えていいでしょう。わたしは次男ですから、父が眠《ねむ》るお墓に入ることができません。そこで、祖母が小学生のわたしに買ってくれたのです。

小学生だったわたしを納骨堂に呼んだ祖母は、その一角を指差して、この場所が将来わたしの墓になることを告げたのでした。そのときはよかったのですが、夜になると突然の恐怖《きょうふ》が少年の日のわたしに襲《おそ》いかかってきて、涙《なみだ》が止まらなくなりました。当日の夜は、一睡《いっすい》もできなかった、と記憶しています。その夜はじめて「自己の死」を意識したのですから。読者のみなさんにも、子どものころそんな体験はありませんでしたか。

子どもが子どもを殺すという不幸な事件がありましたが、それは、死というものがあまりにも、子どもから遠い存在になりすぎていることと関係があるのではないでしょうか。病院で死に、斎場《さいじょう》で葬儀が行なわれる今、子どもたちは死というものを実感せずに育ってゆくのです。わたしは、今うすらぼんやりと、そんなことを考えています。

そんな生き方をしてみたいと思いました

わたしに死を自覚させるきっかけを作ったその祖母も、二十年前に他界しました。遺品の整理をするうちに、なんと大量のオムツ、それも成人用の手縫《てぬ》いのオムツが発見されました。祖母は、自らの死期を覚《さと》り、意識を無くしたあとのことを考慮《こうりょ》し、事前に通帳・債券《さいけん》類を整理していたばかりでなく、自分の手で家族にも覚られずにオムツを縫っていたのです。それが、祖母なりの「死の自覚」だったのでしょう。オムツを縫いながら、その日に備えたのですね。わたしは大量のオムツを見たとき、明治女の「気骨」と「美意識」のようなものを感じ、胸が熱くなりました。

とはいえ、祖母は死ぬその日まで、その人生をたのしんでいました。趣味《しゅみ》とはいえ、玄人《くろうと》はだしの園芸で人をたのしませることが好きでした。鉢植《はちう》えを、人にあげるのが趣味のような人でした（ほんとうは、ありがた迷惑《めいわく》の人も多かったのですけれど）。

それに……。遺品整理のために箪笥《たんす》を開けると、これぞまさに開けてびっくり玉手箱で、ヘソクリで買ったと思われる大島紬《おおしまつむぎ》の数々には、家族はあきれてしまいました。「ええっ、何でこんなにたくさん！　ぜいたくな！」と。若い読者のみなさんには、ピンとこないかもしれませんが、大島紬というのはス、スンッゴイ値段なんです。身内のことながら、ここまでくるともうあっぱれとしか言いようがありません。

祖母こそ、わたしは大伴旅人《おおとものたびと》の歌を地で行った人だと思います。「この世にいる間は、楽しく生きなきゃー、ソン！　だよ」とね。死を自覚し、生あることの喜びを楽しむ人生。わたしも、そんな生き方をしてみたい！

ところで、貯金通帳には、葬式代が入っていたことは言うまでもないでしょう。

旅はつづくよ、どこまでも

『荘子《そうし》』外篇《がいへん》天道第十三に登場する扁《へん》じいさんが言うように、古典などというものは「昔の人の残したカス」なのです。したがって、読み手の側が、読み取って、つなげて、広げてゆかないと、そのおもしろさなんて、わかりません。福田恆存・徒然草・万葉集・位牌とアルバム、そして祖母……とわたしの考えは広がってゆきました。そんな細い細い道をたどって、わたしは大切な言葉と出逢ったのです。そして、そんな生き方してみたい……と思う生き方にも出逢いました。読者のみなさんには、わたし自身の自分探しの長旅につきあわせて、ごめんなさい。
ただし、それにしても、福田恆存の文章は、好きになれないなぁー。

＊Column 2 ＊母の俳句

せっかくこのコラムを書かせてもらっているのだから、権利を私的に乱用しよう、と思う。

数年前、実母が句集を出した（上野繁子《しげこ》著『句集　日々新たなる』天満書房）。句集は、家族の歩みを俳句に託《たく》した「私小説」仕立てになっている。息子《むすこ》が母親の句集を批評するのもおこがましいが、この人の持味は、生活感のある句にスパイスのように効《き》いているエスプリだと思いつつ、読了《どくりょう》した。

もちろん、筆者もスナップ写真のごとく所々に登場していて、思わず笑ってしまった。

わが殻《から》を破りたき日のセーター赤

着るものはすべて母親が買っていた中学生の頃《ころ》。ちょっと「色気」が出てきて、自分の見立てでセーターを買った日のことを思い出した。セーターは、その後肥《ふと》って着ることができなくなり、処分されたが、この句は残っている。なんだ、おふくろさんよ、そんな句作ってたの……と、苦笑した。

反対に、うるさい読者となるであろうわたしを憚《はばか》って、収載《しゅうさい》しなかった句もあるようである。受験の偏差値《へんさち》に苦しんで、やっと東京の私大に滑《すべ》り込《こ》んだ私は、福岡《ふくおか》から上京した。そんなある日、とある新聞の俳句の欄《らん》が目にとまったのである。

一流に少し外れて入学す

なかなかいい句だなぁー……と思いつつ、うどんをすすっていたのだが、思わず吹《ふ》き出《だ》してしまった。作者のところを見ると「福岡　上野繁子」とあったのである。

そういえば、第一志望の高校に不合格になった日の母の「迷言」を思い出した。「学生食堂も無いような高校に入学しなくてよかった。弁当が大変だ。第二志望でよかった」と。さすが、わが母である。

第三章　読むとこんなことがわかる、なんの役にも立たないけど

書物に問いかける

二章で述べたのは、自分から問いかけない限り、古典なんて読んでも屁《へ》の突《つ》っ張《ば》りにもならないよ、ということでした。というわけで、読者のみなさんの代わりに、吉田《よしだ》兼《けん》好《こう》大先生に、わたしから問いただしてあげましょう。

上野　先生、人間というものは、どんな生き方をするべきでしょうか。教えてください。

兼好　そんな問いに答えがあると思うのが、間違《まちが》いのもとじゃよ。お前さんは、わしの真意をつかんでおらぬのう。もっと、勉強してもらわんと、お前に教えられる学生がかわいそうじゃや。

上野　やっぱり、ひねくれた人でしたね、兼好先生は。先生もわかってないんじゃや、ありませんか？

兼好　何を言うか！　平成のサラリーマン学者めが。まぁ、言わせておこう。ただし、わしがいう「存命の喜び」、それをお前は「生きて今ある喜び」と訳したわけじゃが、それは誉《ほ》めてやろう。その生きて今ある喜びを知るために全力投球せよ。それくらいのことじゃないかな、人間という愚かなものにできることは。

と、なりましょうか、二章の結論を手短に述べると。おっと、この章でもいきなり、人生論のお説教をしてしまいましたね。そこで、ここからは、身近な話題にしましょう。旅の話がいいかな。

メナム川の夕陽《ゆうひ》

最近はなかなか時間が取れませんが、旅行は大好きです。忙《いそが》しいときほど、旅行をしたいと思います（いわゆる逃避《とうひ》願望でしょうか）。若いときには、お金がなかったが、暇《ひま》はあった。ところが、今は少しではあるがお金は稼《かせ》げる。でも、時間がない。何という矛盾《むじゅん》。というわけで、まあこつこつ稼いで、美味《おい》しいものを食べることと、旅することにお金と時間を少しでも多く使いたい、ローンを気にしながら……というのがわたしの願いかな（なんと、志の低いこと。これって、「存命の喜び」じゃないよね？）。

でも、やはり旅行はいい。タイのメナム川の夕陽を見たとき、わたしは泣きたくなりました。なぜ泣きたくなったかというと、タイという国に生きる人びとの生活も歴史もすべてこの川にある。そして、この国の人びとは数千年この母なる川の夕陽を見つづけて暮らしてきたのだ、と思うと涙《なみだ》が止まらなくなりました。

川岸には、その日も何百人という女たちが洗濯《せんたく》をしていました。ある女の人は、こん棒のようなもので、洗濯物をたたいています。その音がスゴイ。古典に出てくる砧《きぬた》です。砧の音が、川面《かわも》に響《ひび》きわたるんです。かつては、日本でも衣類をたたいたり、踏《ふ》んだりして洗濯していたことが思い起こされます。ある女の人はスカートをたくし上げて、足で洗濯物を踏み洗いしています。そのふくらはぎが、美しい。美しい足でした。よく見ると、半裸《はんら》の女性もいます。

そして、洗濯しながらエンドレスに女たちのおしゃべりが続きます。話の内容はわかりませんが、この人たちは洗濯に来ているのやら、それとも話に来ているのやら。わいわい、がやがや、話し声が響きわたります。川辺では、子どもたちが走り回っています。遊びなら、何でもござれ。遊びをせんとや生まれけむ、という感じです。お母さんの洗濯が終わるのを待っているのでしょう。

メナム川の夕陽は、そういう人びとの姿をシルエットにして、静かに飲《の》み込《こ》んでゆくのです。はじめは金

女性が向かい合って、砧で布を打ち、柔らかくしている。女たちは、何を語らいながら、衣を打ちつづけたのであろうか（『諸国六玉河』（摂津擣衣之玉川）歌川広重画、平木浮世絵美術館所蔵）

色に、後には漆黒《しっこく》の闇《やみ》のなかに、すべてをゆっくりと飲み込んでゆくのです。

そうか、洗濯機普及《ふきゅう》以前は……

わたしは、けっしてタイ王国政府観光局の回し者ではありませんが、あの夕陽は泣けるほど美しかった。と同時に、そうか洗濯という労働は、女たちの労働だったんだーと気付きました。それは日本でも同じで、じつは洗濯はつい最近まで女たちの労働でした(女性労働としての洗濯)。桃太郎《ももたろう》の昔話を思い出してみてください。「おじいさんは山へ柴刈《しばか》りに、おばあさんは川へ洗濯に……」からはじまるでしょ。それと、忘れてならないのは、洗濯機が普及する以前は、当たり前の話ですが、川で洗濯をしていたのです。ですから、洗濯は野外での労働だったんです。

そこで、我《わ》が家《や》を例にしてこの五十年の洗濯の歴史をたどってみましょう。わたしは家で洗濯をすることがありますが、わたしの祖父は洗濯という家事を一生のうち一度もすることなく死んだ男でした。祖母は、夫に洗濯をさせるのは女の恥《はじ》であると考えてい

ましたから、祖父に洗濯をさせなかったのです。父は海軍にいたことがあるので、軍隊生活で洗濯の経験があり、家でも洗濯はしましたが、母は父が物干《ものほ》し竿《ざお》に洗濯物を干すのを嫌《いや》がりました。母はご近所の評判を気にしたのでした。今から二十年前は、夫に洗濯をさせている妻は「恐妻《きょうさい》」と思われていたのです。

というわけで、我が家の洗濯の五十年を整理するとこうなります。

本人　誠《まこと》　一九六〇―／洗濯をして干すということをいとわない
母　繁子《しげこ》　一九二二―／男が洗濯しても、干すことを嫌がった
父　康正《やすまさ》　一九二〇―一九八七／我が家で最初に洗濯した男
祖母　きくの　一九〇〇―一九八三／男に洗濯をさせなかった女、川で洗濯をした経験もある
祖父　縁助《えんすけ》　一八九五―一九七三／洗濯も料理もせず死んだ男

洗濯の人類史

じつは、男が家事労働の洗濯をやりはじめたというのは、人類史上の大事件なのです。過去数千年、衣服の生産や管理、洗濯は、ずぅーっと女たちによって行なわれていました。ということは、この五十年間で男女の仕事の分担に変化が起きたことになります。つまり、男も洗濯する時代がやってきたのです。

水道の普及によって、女たちと子どもたちは、水くみという労働から解放されました。そして、水道を洗濯機につなぐことによって、洗濯は屋内労働となり、男たちも洗濯をはじめるようになるでしょう。川岸に居並ぶ数百人の女たちを、わたしはつい五年前にメナム川で見ました。でも、それもまもなくすれば見られなくなるはずです。洗濯機普及以前、家事労働の多くの時間を女たちは洗濯に割《さ》いていたのです。あけても、くれても。

ちなみに、開発途上国《とじょうこく》では、村に井戸《いど》ができると初等教育の就学率が上昇《じょうしょう》します。次に、水道ができるともっと上昇します。それは、子どもたちが、遠くから水を運ぶという労働から解放されるからです。

『古事記』に登場する洗濯

日本に帰国すると、わたしは日本の古典に表れた洗濯について考えてみたくなりました。いったい、どんな文献《ぶんけん》に洗濯のことが出てくるんだろうと、むしょうに知りたくなりました。この章のはじめに、書物に問いかけることが大切だと言いましたが、わたしも書物に問いかけよう、と思ったのです。調べてみると、なんと七一二年にできた『古事記』に、こんな話があったのです。雄略《ゆうりやく》天皇の話です。また、拙《つたな》い訳文で示してみましょう。

また、ある時のこと、雄略天皇は宮の外に出かけて、三輪川《みわがわ》に到《いた》った。そこには、川のほとりに衣《ころも》を洗っている娘《むすめ》がいた。その容姿たるや、まことにうるわしい！　すると、天皇は聞いた、「お前さんは、誰《だれ》の子だい？」と。そこで、娘は答えて言った。「わたしの名前は、引田部赤猪子《ひけたべのあかいこ》と申します」と。そこで、天皇は、こうお

女たちが川辺で洗濯する様子。上半身裸になって働いていた（『扇面法華経』より）

っしゃったのである。「お前は、結婚《けっこん》せずに待っておれ。まもなく俺《おれ》が妻の一人として、宮中に呼んでやるから」と。そうして、天皇は宮に帰っていったのである。

（『古事記』下巻、拙訳《せつやく》）

☞書き下し文142頁

つまり、雄略天皇は、現在の奈良《なら》県桜井《さくらい》市の三輪川（＝美和《みわ》河《がわ》、原文）という川で、洗濯をする女性を見初《みそ》めたのです。それが、引田部赤猪子という女性です。洗濯をする姿を見て、その容姿を気に入ったのです。それは、なぜでしょうか。おそらく、洗濯という労働が、半裸の労働だったからでしょう。そういえば、メナム川で働く女性たちもそうだった（恋《こい》はしなかったが……この点は強調しておきます）。

待ちつづけた女

さて、この話の結末はどうなったか？　な、ななんと天皇は、彼女《かのじょ》との約束を忘れてしまったのです。引田部赤猪子は、いつか天皇からお召《め》しがあるだろう、あるだろうと宮中に上がる日を首を長くして待ち続けました。そして待ち続けること、八十年。いくらなんでも、待ちくたびれます。そこで、彼女は意を決して数々の贈《おく》り物《もの》を持って天皇のもとに参上し、今までのことを話しました。

しかし、もう八十年もたったのですから、彼女はすでにおばあちゃんになってしまいました。したがって、今となっては、天皇の妻の一人として宮中に入ることはかないま

せん。そこで、天皇は、不憫《ふびん》に思って、歌を贈ったのです。今から考えると、「えっ、歌なんかもらっても意味無いよ！　かわいそうだよ」と思うかもしれませんが、天皇から歌を歌いかけてもらうということは、古代においてはたいへん名誉《めいよ》なことだったのです。プレゼントされた歌は末代まで、その出身者の一族の間で歌《うた》い継《つ》がれます。お陰《かげ》で、『古事記』に「引田部赤猪子」の名前が伝わり、この本にも記されているではありませんか。だから、この話は、古代ではハッピー・エンドということになるんです。

ちなみに、神話における天皇は不死ではありませんが、他の人間よりは長寿《ちょうじゅ》ということになっています。少なくとも、神話の世界では。だから、こういう結末になっているのです。

歴史を知り、その時代に思いをはせる

女たちは家族のために衣を洗い、時として衣を洗う水辺で見初められ、恋に落ちたのでした。女たちは、いつの時代も男たちの視線を感じながら、川で働いていたのです。

数千年、数万年の昔から。先にも述べたように、衣に関わる労働の多くが、水辺における女たちの労働でした。糸から布へ、布から衣へ、それを仕立てて、さらには洗濯するという労働は、過酷《かこく》な労働でした。けれど、一方では、タイでわたしが眼《め》にしたように、わいわいがやがや、案外たのしいものだったかもしれませんよ。昔の人はなんでもかわいそうだという考えは、間違いだと思います。対して、なんでも昔はよかったと思うのも大間違い。その時代時代の喜怒哀楽《きどあいらく》というものが、あるのです。わたしは、そんなこんなを想像するのが大好きです（上野誠『万葉にみる男の裏切り・女の嫉妬《しっと》』ＮＨＫ出版、二〇〇二年）。

川辺で走り回る子どもたちは、働くことのつらさや、たのしさを自然に覚えたでしょう。今の中学生たちが、ニート対策として勤労体験の学習をさせられるのと、大違いですね。

イイ子ガイタライイノニナァー！

『古事記』と同じ奈良時代の文献に、『風土記《ふどき》』というものがあります。そこに、現在の茨城県《いばらき》の水戸《みと》市付近の泉の話がでてきます。

そこから、南にあたるところ、泉が坂の途中から湧《わ》き出《だ》している。水量は豊富で、その上清らか。曝井《さらしい》と呼ばれている。この泉のまわりに住んでいる村の女たちは、衣を洗って日に曝《さら》して、干している。

（『常陸国風土記《ひたちのくに》』那賀郡《なかのこほり》、拙訳）

☞書き下し文143頁

この話から、次のことがわかります。特定の泉が、女たちが集《つど》う場所になっていた、ということです。そこに女たちは集い、洗濯をしたのでしょう。「井戸端《いどばた》会議」に花を咲《さ》かせていたのかもしれません。さて、この常陸の曝井は、男たちにとっては、いわば女たちを見る「名所」であったようです。『万葉集』に、その証拠《しょうこ》があります。

那賀郡《なかのこほり》の曝井《さらしゐ》の歌一首

三栗《みつぐり》の　那賀に向かへる　曝井の　絶《た》えず通《かよ》はむ　そこに妻もが

（雑歌《ぞうか》　巻九の一七四五、拙訳）

☞原文144頁

「そこに妻もが」というのは、その女たちのなかに将来、妻となる人はいないかなぁーという意味です。そんな男たちの気分を踏《ふ》まえて訳文を作ると「那賀の向かいにある曝井ではないけれど、さらにさらに絶えることなく通って行こーっと……そのなかに、いい子がいたらいいのになぁー！」となりましょうか。泉はナンパの名所であったようです。集う女たちに、ちょっかいを出しに来る男たち、いろんな恋があったでしょうね。この本の読者のなかで、誰か、歴史小説を書きたいと思う人がいたら、この泉の小説を書いてみませんか。古代ロマン「邂逅《かいこう》の泉」というタイトルはどうですか？

男たちの視線

メナム川から、『古事記』へ、そして『万葉集』へ、さらには『風土記』まで登場し、いよいよこの本も教養スペシャルになってきましたね。話題は、洗濯とあまりにも身近すぎますが……。

さて、布曝《ぬのさら》しや洗濯という女性労働に注がれる男の視線を語るときに、さけて通れない話があります。それは『今昔物語集《こんじやくものがたりしゆう》』の久米仙人《くめのせんにん》の話です。仙人になるためには修行《しゆぎよう》が必要で、その修行によって「験力《げんりき》」というものを身につけます。いわゆる神通力とかマジカル・パワーにあたるものです。ところが、彼《かれ》はあることでその「験力」を失ってしまった。久米の仙人が、いわゆる「験力」を失った理由が、次のように語られています。これは、そのまま載《の》せましょう。

後ニ、久米モ既《すで》ニ仙ニ成テ、空ニ昇《のぼり》テ飛《とび》テ渡《わた》ル間、吉野河《よしのがは》ノ辺《ほとり》ニ、若キ女衣ヲ洗テ立テリ。衣ヲ洗フトテ、女ノハギマデ衣ヲ掻上《かきあげ》タルニ、ハギノ白カリケルヲ見テ、久米心穢《けが》レテ、其《その》女ノ前ニ落ヌ。

（『今昔物語集』巻第十一、久米仙人始造久米寺語《はじめてくめでらをつくること》第二十四、原文）

☜145頁参照

奈良県橿原市の久米町にある芋洗地蔵。伝説では、久米の仙人が墜落した場所という(中辻正浩氏提供)

「ハギ」とは「ふくらはぎ」のことです。「仙ニ成テ」とは仙人になってということで、仙人ともなれば、空を飛べるようになります。さらに、どんな美人を見ても、色香《いろか》に惑《まど》わされないようになるのです。仙人になる修行は、欲望を絶つところからはじまるのですから。したがって、女性の足に見とれるような仙人は、仙人失格なんです。というわけで、空から落っこちてしまったのです。つまり、仙人も洗濯をする女のあらわになったふくらはぎを見て、色香に迷ってしまった、というわけです。仙人から、普通の人に戻《もど》ってしまったのですね。

余談を二つ

ここで、余談を一つ。新聞や週刊誌はよく有名人の女性スキャンダルを取り上げますよね。スキャンダルがもとで、政治家や会社社長が失脚《しっきゃく》したり、辞任に追い込まれるということも多々あります。これを政界では「久米の仙人」と呼ぶそうです。もちろん、隠語《いんご》です。つまり、色香に迷って、力や地位を失った男という意味です。「〇〇代議士は、今に久米の仙人になるぞ。あの女とつきあうのはやばい」などというのだそうです。これは、友人の代議士に取材をしたので、ホントの話です。

さらに余談をもう一つ。ここで、おもしろいのは「久米心穢レテ、其女ノ前ニ落ヌ。」

と書いてあることです。こういう考え方の背景には、性欲を穢れとみる思想があります。好きになった女性を、神聖視し過ぎて、逆に自分で自分の恋愛《れんあい》感情にブレーキをかけてしまうのです。岩下俊作《いわしたしゅんさく》の『富島松五郎伝』という小説の主人公・無法松もその一人です。彼は、自らの恋愛感情すら穢れであると悩《なや》みました。無法松はあだ名のごとく荒《あら》くれ者で教養もありませんでしたが、やさしい心を持った男でした。彼は、戦争未亡人に恋をしてしまったのは、自分の心が穢れているからだと考え、悩んでしまうのです。その心のあやが描《えが》かれた小説です。ちなみに、間違っても、『現代国語』の教科書には、採用されない作品ですが……。

ついでにいうと、恋愛相手をあまりにも理想化しすぎてしまうと、相手は窮屈《きゅうくつ》に思ってうまくゆかなくなるケースもこれまた多い。聖母マリアは崇拝《すうはい》の対象であって、恋愛対象ではありませんよね。若い読者のみなさんに、老婆心《ろうばしん》ながら、申《もう》し添《そ》えます。

さらにもう一つ余談

ごめんなさい、もう一つ、余談をさせてください。明治を代表する歴史家に久米邦武《くめくにたけ》（一八三九―一九三一）という人がいます。彼は、若き日、有名な岩倉具視《いわくらともみ》の欧米派遣《おうべいはけん》に随行《ずいこう》しました。岩倉具視は全権大使ですから、物見遊山《ものみゆさん》の旅行ではありません。ところが、彼は銀行のトラブルに巻き込まれて、なけなしの「へそくり」をロンドンで失ってしまいます（田中彰《あきら》『明治維新《いしん》と西洋文明』岩波新書、二〇〇三年）。さあ、たいへん。邦武は「狂歌《きょうか》」でこうからかわれたそうです。

白脛《しらはぎ》を　見とれもせぬに　百五十　磅《ポンド》と墜《おと》した　久米の仙人

ここではこの「狂歌」の作者にならって、久米邦武を野次ってあげます。久米の邦武やぁーい。お前さんの名前は久米。久米は久米でも、お前さんは、白い「ふくらはぎ」

に見とれもしないで、一五〇ポンドをなくした久米の仙人。ご愁傷《しゅうしょう》さま、残念無念。やあーい、明治の久米の仙人。

この歌のおもしろさは、ここまで読んできた読者のみなさんにはもうおわかりのはずです。時に明治五年（一八七二）の秋のことでした。

人の心は愚《おろ》かなるものかな

さて、話を戻しますと、吉田兼好が、この久米の仙人についておもしろいコメントを残しています。「世の人の心まどはす事、色欲にはしかず。人の心は愚かなるものかな」（『徒然草《つれづれぐさ》』第八段）と評しているのです。人の心というのは、ほんとうに愚かなものですね。女性問題が原因で、首相《しゅしょう》の座を棒に振《ふ》った人もこの日本という国にはいるのですから。でも、わたしは思います。「人、この愚かなるもの。愚かなるがゆえに、いとおしきもの」と。わたしが、女子大生と駆《か》け落《お》ちすることがあったら、研究室のドアに、「世の人の心まどはす事、色欲にはしかず。人の心は愚かなるものかな」と書いて、出《しゅっ》奔《ぽん》することにしましょう。
人間の魅力《みりょく》というものは、その愚かなところにある、と思います。わたしの出逢《であ》った魅力ある人は、みんなどこか愚かなところがありました。愚かな先生は、授業が横道にそれて、余談が多い。でも、わたしは余談が多い先生は好きだったなぁー。

洗濯の文芸――万葉編①

洗濯という視点から、古典を読んでゆくと、いろいろの側面が見えてきます。たとえば、奈良時代の洗濯の様子を想像できる万葉歌もあるのです。本格的に着物を洗濯するには、縫《ぬ》い糸《いと》をすべて解いて洗う、いわゆる「洗い張り」をしなくてはなりません。洗い張りをした衣のことを、「解き洗ひ衣」というのです。ここでは、上に書き下し文、下に訳文を掲《かか》げてみましょう。

橡《つるはみ》の　くぬぎ染めの

解《と》き洗《あら》ひ衣《きぬ》の
怪《あや》しくも
ことに着欲《きほ》しき
この夕《ゆふへ》かも

洗い張りした衣を
我ながら不思議なほどに
むしょうに着たい――
この夕べ……

(譬喩《ひゆか》歌　衣《きぬ》に寄する　巻七の一三一四、書き下し文と拙訳)

☜原文146頁

この歌に登場する「橡《つるはみ》」とは、はクヌギのことです。奈良時代、ドングリの煮汁《にじる》を使って衣を染めることもあったようです。クヌギ色は、染め方によって、黄褐色《おうかっしょく》から黒まで出すことができます(ここが、染色《せんしょく》のテクニックのスゴイところ)。このクヌギ染めは、安価だったので広く愛用されていました。示した歌は譬喩歌と呼ばれる歌で、何かを何かに喩《たと》えた歌なんです。喩えには当然、裏の意味もあります。ちょっと、考えてみてください。

安価で地味な色であるクヌギ染め、それを洗い張りし、仕立て直したものを着たいというのは、いったいどういうことを言っているのでしょうか。わたしは、次のように裏を読みます。派手な衣より、地味でも体になじんだ衣の方が良いというのは、おそらく古女房《ふるにょうぼう》のことを言っているのでしょう。新品の服は、体になじむまで時間がかかりますよね。

さぁ、ここからは、大人の話。若い女性にうつつを抜《ぬ》かしていた男が、古女房のところに戻ってゆくときの心境を歌ったのが、この歌かもしれません。譬喩歌を読むおもしろさは、こういう裏を読む、裏を想像するところにあるんです。何でも、表より裏のほうがおもしろい！

応用問題、裏が読めますか？

それでは、ここで応用問題です。次の譬喩歌の裏を読んでみてください。直訳は、「クヌギ染めの衣は誰もがホッとしてくつろげると言っているのを聞いたその日から……わたしは着てみたいと思っている」となります。どんな裏の意味があるか、考えてみましょう。

橡《つるはみ》の　衣《きぬ》は人皆《ひとみな》　事なしと　言ひし時より　着欲《きほ》しく思ほゆ

（譬喩歌　衣に寄する　巻七の一三一一、書き下し文）

☞原文146頁

なんとなく、わかったのではありませんか？「事なし」は、文字通り「事がなく」「無事である」ということです。つまり、くつろげるという意味です。すなわち、橡染めは、日常の衣類に多用されていたので、多くの人におなじみの色なんですね。この点を踏まえれば、裏の意味はこう類推できます。「みんなもいうように、やはり昔なじみの古女房が一番。俺もそろそろ古女房とよりを戻そうか」と。

そこで、86頁に示した一三一四番歌に、話を戻しましょう。「橡の解き洗ひ衣」を着るというのは、家でゆっくりくつろぐことをいう喩えなんですね。話はまたまたそれてしまいますが、結婚は、一緒《いっしょ》にいて気が和《なご》む人としましょう。人生は長いよ。ここに示した二つの譬喩歌から学べることは、恋愛にはときめきが必要ですが、結婚に必要なのは安らぎである、ということです。

洗濯の文芸――万葉編②

お次は、洗濯や布を晒《さら》す作業をしている女性がかわいそうに見えるという男歌を見てみましょう。では、なぜ男はかわいそうに思ったのか？

多摩川《たまがは》に　さらす手作り　さらさらに　なにそこの児の　ここだかなしき

（東歌《あずまうた》　相聞《そうもん》　武蔵国《むさしのくに》　巻十四の三三七三、書き下し文）

☞原文147頁

織ったばかりの布というものは、ごわごわしていて、着心地の悪いものです。それを柔《やわ》らかくするには、織った布を川で晒し、砧で打って干す、そしてまた晒す……という作業を繰《く》り返《かえ》す必要がありました。こうしないと、柔らかい布はできません。

この歌では、川に入って布を晒すあの子がどうしてこんなにもいとおしいのか……と作者は歌っています。でも、布を晒す女をいとおしく思うというのは、男が恋をしているからです。昔の古典の先生は、この歌を説明するとき、必ずこう教えたもんなんです。

可愛《かわい》そうだてぇこたぁー、惚《ほ》れたってぇことよ！

哀《あわ》れみの心は、恋心に近いということです。古代語の「かなし」は、「哀《かな》しい」ではなく、「いとおしい」という意味です。女の子に「加奈」あるいは「香奈」ちゃんと名前を付けるのは、古語「かなし」の「かな（＝語幹）」から取っているのです。「いとし子」という意味ですね。あなたのまわりに、「かな」ちゃんはいませんか？　この本を読んだ人は、「かな」ちゃんに説明してあげてください。

つまり、悲しいという感情と、いとおしいという感情はきわめて近いものとして認識《にんしき》されていたのです。恋をすると、一人で居ると悲しくなるでしょう。その点をとらえて、万葉びとは「恋」を時には「孤悲《こひ》」と書き表しました。愛する女が、川のなかに入って、布を晒す姿を見ると、さらにさらにどうしてどうしてこんなにも、かなしくなってしまうのか、自問自答しているんですね、この歌の作者は。

洗濯の文芸――伊勢《いせ》物語編

お次は、洗濯愛情物語、ちょっといい話です。しんみりして、ほのぼのとなるいい話です。『伊勢物語』を読みます。

平安時代の文学にはほとんど食べ物は出てきません。対して、衣裳《いしょう》の話はたくさん出てきます。それは、なぜか？ 平安時代の貴族は、着るものに気を遣《つか》いつづけました。なぜならば、身分によって着るものが違うからです。なにせ、十二単《じゅうにひとえ》の時代ですからね。「大奥《おおおく》」でもいいし、「チャングムの誓《ちか》い」でもいいのですが、宮廷《きゅうてい》ドラマの衣裳を見てください。着ている衣裳が宮廷における地位や立場を表していますよね。身分に合った衣裳を、いつどこでどう着るか、着こなすか……これが最大の関心事なんです、宮廷社会では。だから、着るものの描写《びょうしゃ》が、平安時代の文学ではやたら詳《くわ》しく書いてあります。さあ、ここでも、苦労して訳を作ってみました。ただし、直訳ではなく、事情説明も入れた意訳です。まずは、ご覧あれ。

昔、とある二人の姉妹《しまい》がいた。その一人は、金も身分も無い男を夫とし、もう一人は、金も身分もある男を夫とした。貧乏人《びんぼうにん》の男を夫とした女は、十二月も押し迫《おせま》った末のころ、一張羅《いっちょうら》の晴着を、夫のために女自身の手で洗って、糊付《のりづけ》して、干したのさ。そりゃもちろん、一生懸命《けんめい》にやっただろうよ、でも女は男よりは身分の高い家に育ったから、そういう下女がする洗濯なんてぇ仕事は、習っていなかった。それで、正月に宮中に着てゆかなくてはならない一張羅の着物を破いちまったんだよ。女はもうどうしようもなくて、ただ泣くばかりさ。正月に宮中に着てゆく着物が無いなんてぇことは、恥も大恥、宮仕えの者にとっちゃぁ、絶体絶命のピンチだからね。これを、身分の高い家に嫁《とつ》いだ女の夫が聞いてね、いたく気の毒に思って、貧しい男の方が宮中に着てゆかなくてはならない緑色の衣、それもまぁ最高に上等のやつを見つけ出してきてね、贈ってやろうというわけで、詠《よ》んだのがこの歌なんだ。

紫草《むらさき》は根から色をとる
その根の色も濃《こ》き「春」は……
その「はる」ではないが、眼も「はる」かに見渡すと
野にある草木も一つに見える！
愛する女のはらからならば
思う心もまた一つ
ご心配などご無用に――

女の窮地を救いながらも、女のプライドを傷つけまいとして歌っている。これこそ、我《わ》が懐《なつ》かしき武蔵野の心、古き良きとらわれのない心を詠んだ歌、というべき

だろう。

（『伊勢物語』第四十一段、拙訳）

☞原文148頁

身分が高い家ならば女の召使いを抱《かか》えているでしょうから、洗濯を召使いにさせることができます。しかしながら、身分の高い女性も、貧しい男のもとに嫁げば、自ら洗濯をしなくてはなりません。洗濯は、たいへんだ！

お正月はたいへんだ！

十二月ともなれば、正月に宮中に参上するための衣裳を調えなければなりません。この話に切迫感《せっぱくかん》があるのは、じつは十二月という季節の設定があるからなんです。ここに話のミソがある。つまり、女たちは洗い張りをしてパリッとした衣を夫に着せて、お正月、宮中に送り出さなければならないのです。しかし、貧しい男に嫁いだ女には、洗い張りをさせる召使いもいない。さぁ、困った。

慣れない洗い張りを自ら試み、用心はしていたんでしょうが、男の着るべき緑色の衣の肩の部分を破いてしまったんです。貧しい家に、替《か》え着《ぎ》などあろうはずもなく、まさに絶体絶命。だから、女は泣くしかなかったのです。

プライドを傷つけずに援助《えんじょ》する

それを聞いた身分の高い家の方の男は、緑の着物を探し求めて、贈ってやったのでした。しかし、大切なのはこの時の男の気遣いです。援助される側にもプライドというものがありますよね。姉妹であり、今は身分差があれば、なおさらのことです。援助される側も気持ちは複雑だった、と思いますよ。

そこで、身分の高い男は、こういう歌を添えたのでした。歌の内容は、「妻を愛する気持ちと、その姉妹を愛する気持ちとを、区別することなどできやしない。だからあなたを助けるのです。遠慮《えんりょ》は無用」と。

カッコイイですよねぇ。鳥肌《とりはだ》が立ちます（ただし、この使い方は慣用句としては明らか

に誤りです。「鳥肌が立つ」は気持ち悪いもの、不快なものに対して使う表現です。感動を表すときに、使ってはいけません。でも、若い人には、この誤用の方が一般的《いっぱんてき》かな）。これこそ、「武蔵野の心」だと『伊勢物語』は賞讃《しょうさん》しています。「武蔵野」を代表する植物が、歌の冒頭《ぼうとう》に出てくる「紫草」だからです。では、「武蔵野の心」とは何か。それは「古き良き、とらわれのないやさしい心」ということになるでしょう、この話からすると。

贈り物はたいへんだ！

さて、ここから何が学べるか。贈り物は、高けりゃいいというもんじゃない。援助も同じことです。相手が本当に必要としている物を援助してこそ喜ばれるというものです。と同時に、贈ってやったぞ、援助してやったぞ、という高慢《こうまん》な気持ちが見《み》え透《す》いてしまうと、相手は嫌味に思うでしょう。さらには、相手の心証を害する危険すらあります。誰だって、人より低く見られたくはない。せっかく、贈り物をしたのに相手のプライドを傷つけては、逆効果になりますよね。

つまり、受け取る相手の気持ちを察することが必要なんです。贈り物で、気持ちを表現するには、相手の気持ちを感じ取る感性を磨《みが》かなくてはならないのです。贈り物はたいへんだ！

ごめんなさい、最後も余談で

ところで、贈り物の名人と呼ばれた政治家がいました。毀誉褒貶《きよほうへん》はありますが、彼は昭和の「今太閤《いまたいこう》」と呼ばれていました。その名前は、田中角栄《たなかかくえい》（一九一八—一九九三）。彼は大臣になると部下の奥さんの誕生日を調べて、誕生祝を贈ったそうです。するともらった方では、「俺だけじゃなくて、家族のことまで気にかけてくれているのか。田中さんは良い人だ。田中さんのためにがんばらなきゃ」と思いますよね。そこに、ねらいがあるんでしょう、このプレゼントの。大臣になっても、部下が働いてくれないと、よい仕事はできません。

それに、奥さんを味方につけると、いいことがあります。「あなた、田中さんのためにがんばりなさいよ。多少の無理は聞いてあげて」と、奥さんが言ってくれますから。これは政治家にとって、強い強い味方になるのです。こうやって、官庁の役人たちの人心を収攬《しゅうらん》したそうです。学歴の無い彼は、こうやって人脈を作っていったのです。いわゆる田中人脈というやつですね。

また、現金を渡すときは、もったいぶらずに、「俺の顔を立てて、もらってくれないか」と、頼《たの》むようにして渡したとか（もちろん、危ない「現ナマ」です）。これらは、田中角栄を語るときに必ず持ち出される逸話《いつわ》ですが、逸話というより伝説の部類に入るかな。田中金脈、田中流気配りですね。でも、この話から田中角栄という人の人気の秘密がよくわかりますね。そこから学ぶべき点は、贈り物をするときに第一に考えなくてはならないのは、贈る相手の心を想像してみるということですね。

田中角栄さんの気の遣い方は、出世のためでミヤビとはいえませんが、相手のことを考えて贈り物をする点では、「武蔵野の心」と通ずるものがありますね。

みなさん、プレゼントは渡し方も大切なんですよ。とくに、愛する人にプレゼントを贈るときにはね。

＊ Column 3 ＊生活と表現

あと百年くらいしたら、こんな入試問題が出るかもしれない。

問一　棒線部Aのナマアシについてその意味を説明しなさい。ただし、素足《すあし》との違《ちが》いが明確になるように、説明しなさい。

模範《もはん》解答は、

ナマアシとは一九九〇年代の後半に流行した女性ファッションで、ストッキングをはかない状態をいう。この時代、女性は一般的《いっぱんてき》にストッキングをはいていたので、素足の状態でいることをナマアシと呼んだ。ことに、安室奈美恵《あむろなみえ》の影響《えいきょう》を受けたアムラーがナマアシで街を闊歩《かっぽ》したという。

となろうか。「何をくだらないことを……」と、思われる読者もいるだろうが、国文学者や歴史学者が行なう注釈《ちゅうしゃく》というものは、おおよそこんなものではないだろうか。

そのうち、古語辞典の挿《さ》し絵《え》に、「蚊帳《かや》」や「卓袱台《ちゃぶだい》」が登場する日も近いだろう。「問一　棒線部Bに、父は卓袱台を引っ繰《ひ》り返《く》したとあるが、父はなぜ卓袱台を引っ繰り返《かえ》したのか、説明しなさい」という出題があるかもしれない。答えは「激しい怒りを表すため」となるだろうか。『巨人《きょじん》の星』の星一徹《いってつ》の名物シーンも、卓袱台がなくなれば、注釈が必要なはずである。生活がわからなければ、生活から生まれた表現のリアリティーがわかるはずがない。

「公設市場」に対して「闇市《やみいち》」があり、「闇米」があった。戦後の混乱期の経済生活がわからなければ、なぜ「闇」なのかわからないだろう。こういった「闇」という言葉の用法が、「闇給与」などの言い方に残っているのである。

それほどの成果を上げているわけではないが、私はそういった生活と表現の回路を見つけだすことを心にかけて、万葉研究を行なっている。

第四章　人は遊びのなかに学び、時に自らの愚《おろ》かさを知る

堕落《だらく》する様子を歌舞伎《かぶき》で見る

古典を読んでもなんの役にも立たないという説や、洗濯《せんたく》の歴史、はたまた女性の足を見て墜落《ついらく》した仙人《せんにん》の話とか、この本はとんでもない古典入門書ですね。間違《まちが》っても、古文の読解力が向上するというようなことはありません。でも、古典を読むことのたのしさは伝わってきませんか？　読めば読むほど、書いた人の心がわかる。そこから、学ぶべき点がわかる。そう思ってもらえれば、わたしは嬉《うれ》しいです。

さて、第三章では、洗濯の話から久米《くめ》の仙人の話になったのですが、同じように修行《しゅぎょう》を積んで験力《げんりき》をもった行者が堕落してゆく姿を官能的に見せてくれる歌舞伎の演目があります。歌舞伎十八番の第一「鳴神《なるかみ》」という演目です。歌舞伎十八番というのは、市川《いちかわ》

団十郎《だんじゆうろう》家の「家の芸」として、代々演じられてきた十八の演目のことをいいます。歌舞伎十八番「鳴神」の原点は、貞享《じようきよう》元年（一六八四）に、江戸《えど》中村座で上演された「鳴神劇」。この「鳴神劇」は、初代市川団十郎の手による自作自演であった、といわれています。初代市川団十郎は、「荒事《あらごと》」と呼ばれる荒々しい豪快《ごうかい》な演技と演出で、現在の歌舞伎の基礎《きそ》を作った役者です。ちなみに、現在の団十郎さんは、十二代目です。

またまた余談

誰《だれ》にでも、一つや二つの得意な芸というものがありますよね。その得意な芸のことを「おはこ」といいませんか。大切な物は箱に入れて保管しますから、大切な芸を「おはこ」というのです。たとえば、

上野先生のカラオケの「おはこ」は、村田英雄《ひでお》の「無法松の一生」だ。いつも音程はずれているけど、歌わせてやるか。

というように。

さて、この「おはこ」を「十八番」と書くことがあるんですす。これは、市川家が大切にしている芸が、一番から十八番まで「十八番」あるので、こう書くようになった、といわれています。これは、ごくたまに入試問題に出題されることがあります。すいません、また余談になりました。話を元に戻《もど》しましょう。

鳴神とは

「なるかみ」というのは、ひっくり返して「かみなり」のこと。あらすじは、ざっとこんなところです。昔、鳴神上人《しょうにん》という験力をもった行者がいました。しかし、上人は朝廷《ちょうてい》の頼《たの》みを聞いて験力を使ってあげたのに、その見返りがかなわなかったことから、朝廷に対して深い深い恨《うら》みを持ったのでした。そこで、上人は験力によって、竜神《りゅうじん》を閉《と》じ込《こ》めてしまったのです。竜神が閉じ込められたということは、天下の一大事。なぜかといえば、竜神が閉

じ込められていると、雨が一滴《いってき》も降らないからです。大旱魃《だいかんばつ》に民百姓《たみひゃくしょう》は苦しむばかり。

そこで、朝廷は一計を案じることに……。絶世の美女・雲《くも》の絶間《たえま》姫《ひめ》を上人のもとに使わしたのです。姫はその美貌《びぼう》で、上人を籠絡《ろうらく》しよう、とたくらみます。色仕掛《いろじか》けで、酒を勧《すす》めて、上人が酔《よ》いつぶれたすきに、閉じ込められていた竜神を逃《に》がしてしまったのです。姫は竜神が押《お》し込《こ》められている滝《たき》にかけられた注連縄《しめなわ》を切って、竜を逃がしたのでした。注連縄があると竜は、そこから外に出られないのです。

ヤラレタアー！　と上人が気づいたときには、竜神は天空に飛び立ち、雨が降っている。あざむかれたことを知った上人は、怒《いか》りのあまり悪鬼《あっき》となって大暴れ、雲の絶間姫を追って、チャンチャンバラバラの一大スペクタクル。大団円を迎《むか》えます。

色仕掛けで、人をだます

さて、前半の見どころはといえば、雲の絶間姫が、上人に近づき、色香《いろか》で上人を惑《まど》わすところでしょう。姫は、固く心を閉《と》ざす上人の警戒心《けいかいしん》を少しずつほぐして、スキを作ります。

そして、なぜかここで、姫は急に癪《しゃく》と呼ばれる腹痛を起こします。さぁ、たいへん。こんな山の中に、薬はなし。姫は、懐《ふところ》に上人の手を導き、癪のツボを押してくださいまし、といいます。すると上人は、触《ふ》れてはいけないものに触れてしまいます……。これ以上は、舞台《ぶたい》を見てもらいましょう。上人は何を触《さわ》ったのか？　わたくしの口からは、恥《は》ずかしくて、話せません。「引用古典と言及《げんきゅう》した文献《ぶんけん》の一覧」の149頁を読んでください。

心の動きを役者はどう演ずるか見る

こうして、姫は酒を飲ませ、上人を破戒僧《はかいそう》にしてしまうのです。「破戒」というのは、僧や行者が守らなくてはならない戒《いまし》めを破ることです。ためらいながらも、姫の術中にはまってゆく上人。押しては引き、引いては押して、上人の心を虜《とりこ》にしてゆく姫。姫から押されると、引いてしまうが、姫に引かれてしまうと、歓心《かんしん》を買うために、姫の要求を受け入れつづける上人。女の武器とはこういうものか、駆《か》け引《ひ》きとはこういうものか。若い人は、男と女のやりとりを見て勉強してください。一種の心理ドラマですから。

「鳴神」の一場面。鳴神上人（十二代目市川団十郎）が雲の絶間姫（中村時蔵）の懐に手を入れているところ（写真提供 松竹株式会社）

　高校生向けの歌舞伎鑑賞《かんしょう》教室では、「俊寛《しゅんかん》」「毛抜《けぬき》」「義経千本桜《よしつねせんぼんざくら》」とともに、「鳴神」も上演されているようですね。「鳴神」だったら、前半も必見です。「鳴神」の見どころは、最後の大立ち回りだけじゃない。居眠《いねむ》りしている場合じゃありませんよ。若い人は、前半の濡《ぬ》れ場《ば》を見なくっちゃいけません。でも、このあたりのことは、高校の先生は、あまり教えてくれないかな。なまめかしすぎて。

劇場に歌舞伎を見に行こう

歌舞伎もおもしろそうでしょ。でも、読者のみなさんのなかには、歌舞伎なんて簡単に見に行くことはできないよ、という人も多いと思います。たしかに、高校生が自分で歌舞伎の切符《きっぷ》を買って見に行くことは、金銭的にも精神的にもたいへんですよね。一番いいのは、誰かに連れて行ってもらうことです。たとえば、この本を読んで、どうしても歌舞伎を見たくなったら、「連れて行って」と、親におねだりすると、案外あっさりうまくいくかもしれませんよ。「おお、わが子も、よくここまで育った。古典への関心から歌舞伎を見たくなったのか……受験にも古文はあるし、よし一つ連れて行ってやろう」とね。この本だって、一応これでも、古典の勉強のための本なんですから。この本をおねだりのネタに使いましょう。

また、おじいちゃん、おばあちゃん、おじさんや、おばさんで、歌舞伎が大好きな人がいたら、頼《たの》んでみましょう。若い人が、古い伝統文化に関心を持つと、大人はたいてい喜ぶもんなんです。

そして、連れて行ってもらった人には、丁寧《ていねい》に礼状を書きましょう。「叔母様《おばさま》のお陰《かげ》で、歌舞伎が好きになりそうです」なんて手紙を出したら、必ずまた連れて行ってくれます。今の若い子にしては珍《めずら》しい、と誉《ほ》められること間違いなし。とにかく、一度行ってみてください。

早めに劇場に入って雰囲気《ふんいき》をたのしもう

ここからは、先輩《せんぱい》として鑑賞作法の手ほどきをいたしましょう。劇場には、早めに行きましょう。そして、雰囲気をたのしんでほしいんです。開演前にもたのしい発見がいろいろありますよ。まず、劇場には、多少のオシャレをして行くことにしましょう。それもたのしみの一つになるはずです。

さて、劇場に入ると、きれいなお花が並べられていたりします。お花を見ると、そこに札が立っていませんか？　なかには、贈《おく》り主《ぬし》である有名なスターの名前が書いてある札もあります。これは、役者さんの楽屋見舞《みま》いに贈られたお花です。公演の成功を祝して、楽屋にお花や食べ物などの贈り物が届けられることが多いのですが、その一部がロビーに飾《かざ》られることもあるのです。見ていると歌舞伎スターの意外な交友関係が、わかったりして（「笑っていいとも！」のお花の世界です）。

さて、受付用のテーブルがあって、そこでチケットを交換《こうかん》したり、挨拶《あいさつ》を交《か》わしたりしている人たちがいます。なかには、高そーな着物を着ている品の良い人も。歌舞伎役者の奥《おく》さんかもしれませんよ。ご贔屓筋《ひいきすじ》に挨拶をしているのです。「ご贔屓」とは、役者さんの応援団《おうえんだん》のような人たちのことです。聞き耳を立ててはいけませんが、チラリと見ましょう。その立《た》ち居振舞《いふるま》いの美しいこと！　歌舞伎役者の奥さんにも、オーラというものがあるんですね、これが。

とくに、初日や千秋楽の雰囲気は、格別です。とにかく雰囲気をたのしんでください。それも、チケット代の一部ですから。

食べるたのしみ、語るたのしみ

劇場で頼むと高いけれど、一度は歌舞伎の「幕の内弁当」を食べましょう。「幕の内弁当」の「幕の内」とは、幕間《まくあい》ということです。つまり、休憩《きゆうけい》時間ということです。休憩時間に食べるから、簡単に早く食べられることと、みんなが好きなものを少しずつ入れて、誰の口にも合うようにしてあります。「幕の内弁当」の「幕の内」とは、そういう意味なんですよ。

また、お土産《みやげ》に、好きな役者さんの手ぬぐいはいかが？　パンフレットや、お菓子《かし》も売ってますよ。歌舞伎は、幕の内弁当がよく売れるように、ちょうどお腹《なか》がすくころ、休憩が入るものなんです。劇場では、うきうきしながら、お弁当を食べることができます。また、人が食べている弁当は、美味《おい》しく見えますからね。こんなふうに舞台だけでなく、劇場のロビーの雰囲気もたのしんでほしいなぁ。

舞台がはねたら、連れて行ってくれた人と、舞台の印象を語り合いましょう。そうすると、自分が見落としていた見どころなどを教えてくれます。だいたい、芝居《しばい》が好きな人にはお話好きの人が多いんです。自分の感じた感想を語るのは、連れて行ってくれた人への礼儀《れいぎ》というものですよ。また、周囲のまだ見に行っていない人には、自慢話《じまんばなし》をしましょう。芝居見物には、食べるたのしみ、語り合うたのしみもあります。

修学旅行といえば、奈良《なら》・京都

旅することも、歌舞伎を見ることも、古典の勉強である。さらには、幕の内弁当を食べることも、勉強である。そういう話を、これまでしてきました。そこで、これからは、古典の舞台を訪ねる旅の話をします。それも、わたしの住んでいる奈良の話を。

かつて、修学旅行といえば、奈良・京都と相場が決まっていました。今は、いろいろなところに行きますが、昔は奈良と京都で日本の歴史や古典を学ぶのが修学旅行の定番だったのです。かくいうわたしの高校の修学旅行もそうでした。でも、あらかじめ決められたプランに沿って分刻みのスケジュールで一日にいくつものお寺をバスでまわると、

「はてどこのお寺だったのかな」と印象が薄《うす》くなってしまいますよね。だから、記《き》憶《おく》に全く残っていません。

それに、やはり修学旅行でたのしいのは、おしゃべりと、枕投《まくらな》げ。古典をひもといて、感慨《かんがい》にふけるなんていう人は皆無《かいむ》だと思います（はじけるときは、みんなとはじけないと、あとでいじめられるしね）。

猿沢《さるさわ》の池

奈良に行ったら、多くの修学旅行の場合、猿沢の池には行きますよね。JR奈良駅から、三条通りを東へとことこと、十五分。ゲームセンターもいいけど、猿沢の池に行きましょう。近鉄奈良駅からは、南に五分、商店街を通ってゆきます。美味しいお菓子屋さんがありますが、先生に買い食いが見つからないようにしましょう。

さて、わたしは三十年ほど前、奈良の猿沢の池に面した魚佐《うおさ》旅館に泊《と》まりました。でも、朝ご飯のハムが美味しかったことしか、覚えていません。高校生だった当時は、古

猿沢の池の水面に五重塔が映る。奈良八景の一つ。ここでボォーとするのが好きです

典に関心がなかったのでしょう。

着いてみると、これがなんとまぁ、小さな池。しかし、その水面には、興《こう》福寺《ふくじ》の五重塔《とう》が映ります。そして、池のまわりに目を転ずれば、柳《やなぎ》がきれいです。これぞ、奈良八景の第一。

興福寺といえば、平安時代に栄華《えいが》を極《きわ》めた藤原《ふじわら》氏の氏寺《うじでら》です。このお寺ですばらしいのは、天平《てんぴょう》時代や鎌倉《かまくら》時代を代表する仏たちが、現役《げんえき》でがんばっていることです。日本の彫刻《ちょうこく》のすばらしさに触れたかったら、東大寺の三月堂《さんがつどう》と、興福寺の国宝館、薬師寺、新薬師寺に行くべきです。表現の力強さ、リアルさ……まぁ、これほどのものは世界中どこを探しても、めったにない。造ったやつもすごいが、それを守ってきた歴代の僧侶《そうりょ》も偉《えら》い！

奈良MAP（猿沢池周辺）

仮金堂
国宝館
北円堂
興福寺
中金堂
本坊
東金堂
西金堂跡
柳茶屋
五重塔
塔の茶屋
南円堂
南大門跡
三重塔
猿沢観光案内所
大仏館
菩提院
旅館菊水楼
江泉
旅館大文字
吉田屋
猿沢の池
菊水
大和路
魚佐旅館
猿沢荘
飛鳥荘
奈良ホテル

南大門の花園《はなぞの》、その南の池

さて、この興福寺には奈良時代に七つの門があり、南の南大門には花園が設けられていました。その南大門の南にあるのが、猿沢の池なんです。この池にまつわるお話を一つしましょう。高校生のみなさんには、「ちごのそら寝《ね》」で有名な『宇治拾遺物語《うじしゅういものがたり》』から。その主人公は、興福寺の僧侶です。こちらは、語り口調を考えて、訳してみました。ご覧あれ。

蔵人得業《くろうどとくごう》の猿沢の池の竜のこと

これも、今となっては昔の話だが、奈良に蔵人得業恵印《えいん》という僧がいた。鼻が大きくて、赤かったので、「大鼻の蔵人得業」といっていたのだが、後には、長たらしいということで「鼻蔵人」といったんじゃあ。なお、それも長たらしいということで、さらに後には「鼻蔵」とのみいったもんだ。

そいつがまだ若かったころのことだ。やつは猿沢の池のほとりに、「某月某日《ぼうげつぼうじつ》、この池から、竜が天に昇《のぼ》らんとするであろう」という立て札を立てた。ところが、それを見た往来の人びと、老いも若きも、果てはさるべき人びとまでもが、「見てみたいもんだ」と騒《さわ》ぎはじめたんだ。この鼻蔵人は、「おかしなことだ。俺様がしたことを、人びとは騒いでいる。馬鹿なことだ」と、心中おかしく思ってはいるのじゃが、「しらばっくれていよう」と、そ知らぬ顔でやり過ごすうちに、とうとうその月となってしまった。およそ、大和《やまと》はもとより河内《かわち》・和泉《いずみ》・摂津《せっつ》の国の人たちまでもが、この話を聞き伝えて、集まってきた。恵印は、「いったいどうしてこんなに集まってくるんだ。何か理由があるはずだ。不思議なことだ!」と心中穏《おだ》やかならず思うのだが、他人事のように装《よそお》いつつ過ごしてゆくうちに、ついにその日がやって来た。すると、道も通れないくらいに、人がひしめき合っているではないか。

この時に至って恵印は、「これはただごとじゃあない。俺様がしでかしたことではあるんだが、何かわけがあるやもしれぬ」と思いはじめたので、顔を包《つつ》み隠《かく》して、猿沢の池に行ったとさ。けれど、混み合って近づくことすらできない。そこで、興

福寺の南大門の壇《だん》の上に登り立って、「今や竜の昇るか、昇るか」と待つけれど

……どうして昇ることなどあろうや。やがて、日も沈《しず》んでしまった。

——以下省略——（『宇治拾遺物語』第十一の六）

☜原文150頁

どうでしたか。点線のところを、注意してみてください。恵印の心の変化がわかりますから。

この話のおもしろさは……

じゃあ、この話のおもしろさはどこにあるかというと、「自分のついた嘘《うそ》に、自分がだまされてしまう」ところにあるんですね。

「俺《おれ》さまのしたいたずらにみんなだまされている。馬鹿《ばか》だねぇ、みんな」（①）⇓「なぜ、人が集まって来るんだー？　不思議なことがあるもんだー」（②）⇓「何かわけが

あるかもしれんぞー」（③）⇩「もしや、ひょっとして」と、恵印の心ははやります。

ところが、最後には恵印は、自らの嘘を信じた愚かさを思い知らされることになります。その哀《あわ》れさが、なんともいえませんよ。だから、この話のリアリティーは、竜が昇らなかったところにあるんです。その点に、この話のおもしろさもある！

天才的詐欺師《さぎし》、それは才能か、病気か？

さて、とある宴席《えんせき》でのこと。稀代《きだい》の詐欺師を取り調べたことのある検事さんから、こぼれ話を聞く機会がありました。その検事さんは、「天才的詐欺師というのは、自分の作り話を信じて語ることができるんですよ。だから、他人にも説得力がある。僕《ぼく》もうっかり信じそうになりました。本人を疑えなくなるんです」というのです。なるほど、さもありなん。自らが作り出した虚《きょ》の世界の住人になることによって、嘘が嘘を呼んで収拾がつかなくなるのでしょう。そこに人を巻き込めば、犯罪になってしまうのです。

芥川龍之介《あくたがわりゅうのすけ》の「竜」

恵印は一時的に、自分で作った虚の世界の住人になってしまったようですね。この蔵人得業恵印の話をもとにして書かれた小説があります。芥川龍之介の「竜」です。「竜」は、大正八年四月（一九一九）に書かれ、翌月の五月の雑誌『中央公論』に発表されました。二十七歳《さい》のときの作品です。わたしは、この話のリアリティーは、竜が昇らなかったところにあるといいましたが、芥川は作品のなかで、竜を昇天《しょうてん》させているのです。つまり、恵印の一縷《いちる》の望みを、作品のなかでかなえてやっているんです。まさに、ウソから出たマコト。

じつは、この点をとらえて、「竜」は芥川の駄作《ださく》であるという人が多いのです。でも、ほんとうに駄作なのかなぁ。

芥川さん、それはどうしてですか？

では、なぜ、芥川は話のなかで一番大切な部分を変えてしまったのでしょうか？　その理由をわたしなりに、推理してみます。わたしは、芥川は、恵印に同情したのではないか、と思います。少なくとも、竜を昇天させたということは、恵印の気持ちを汲《く》んでやったわけですからね。

その上で、芥川は、もし竜が昇ったら、恵印はいったいどんな気持ちだったんだろう、と想像したかったのだろうと推測します。つまり、『宇治拾遺物語』の「ｉｆ《イフ》（もしも）」を書きたかったのではないでしょうか。あれほど、首を長くして猿沢の池で待った恵印は、本当に竜が昇天したとしたら、どんな反応を見せるか。それを考えてみたかったのでしょう。竜が天に昇ったときの芥川の描写《びょうしゃ》は、ここでは書かないことにします。「引用古典と言及した文献一覧」の152頁に掲《かか》げておきました。それを読んでください。いや、読む前に、自分ならどう書くか、想像してみてください。その後、自分の想像と芥川の描写が同じかいなか、確かめながら読んでゆくと……楽しみが倍増するはずです。

そういう目で猿沢の池を見たら……、風景がいろいろと違って見えてきますよ。わたしは、よく猿沢の池で待ち合わせをしますが、ベンチに座《すわ》って、ぼおーっと恵印の気持ち、芥川の気持ちを考えていると、時の経《た》つのを忘れてしまいます。

もちろん、芥川の小説には、彼が描きたかった主題というものがあるはずですが、『宇治拾遺物語』の「ｉｆ（もしも……）」として、芥川の「竜」を読むこともわたしはできる、と思います。

猿沢の池に行ったら

蔵人得業恵印は、興福寺の僧でした。「蔵人」とは僧侶になる前の役職名です。十二世紀の半ばに実在した人物で、かなりの学僧であった、と考えられています。「蔵人」は、もともと読んで字のごとく皇室の蔵を守る人だったのですが、平安時代以降は、天皇の側近として、さまざまな仕事に従事しています。

さて、猿沢の池に行ったら、まず魚佐旅館のある南側に行って、興福寺の塔を眺《なが》めま

南大寺門跡から見た猿沢の池。恵印の気持ちになって池の周りを歩いてみよう

しょう。そして、興福寺南大門跡《あと》に行ってみてください。歩くこと一分で着きます。興福寺とは、目と鼻の先。そうかぁ、なるほど、この話は、興福寺の僧侶のいたずらからはじまるのだったなぁ、と実感できる瞬間《しゅんかん》です。南大門の前には、猿沢の池に向かう階段があります。南大門跡から、猿沢の池に臨みましょう。そうすれば、あなたは恵印の気持ちを追体験できます。想像してみてください、恵印がほっ被《かむ》りをして、池を見つめる姿を。

実際の距離感《きょりかん》をつかむと、古典はますますおもしろくなるんです。

そろそろまとめに入りましょう

ところで、先日、文化庁長官の河合《かわい》隼雄《はやお》さんと、お話しする機会がありました。河合さんの挙げた数字によれば、交通事故の年間の死亡者が七千人であるのに対して、自殺者は三万人あり、伏《ふ》せられているものも含《ふく》めると、さらに増えるということです。ここまで来れば、もう一種の戦争状態といえるかもしれませんね。そして、日本人にいちばん多い心の病は、うつ病だそうです。そういう人びとをカウンセリングしていると、芸術に触れることをきっかけに生きる力を取り戻す人が多いことに、河合さんは気付いたというのです。

じつは、日本の芸術のほとんどの素材は、古典から取られているのです。だから、古典を学ぶと芸術を見るのがたのしくなる。絵を見るのも、書を見るのも、能や歌舞伎を見るのも、たのしくなる。さらには、気分転換には一番いい旅行もたのしくなる。だって、日本の古い神社仏閣《ぶっかく》はみんな古典の舞台ですからね。修学旅行の奈良の猿沢の池だって、何も知らなければただの小さな池です。お世辞にも、水はきれいだとはいえないし。こんなこと言うと我田引水かな。

これから、みんなどうすんのよ？

忙《いそが》しく走って疲《つか》れ、そして悩む現代人。ちょっと、考え方を変えた方がよいのではありませんか。

なるほど、お金は大切ですが、売上高は目標であって、目的ではない。人生そのものの目的が売り上げではないですよね（ただし、目的を達成するために、目標は必要でしょうけど）。

わたしなりに、河合さんの言葉を翻訳《ほんやく》すれば、現代人にいちばん必要なことは、芸術の「無用の用」を現代人ひとりひとりが知ることではないでしょうか。これこそ松尾芭《ば》蕉《しょう》のいう「夏炉冬扇《かろとうせん》」ではないのか、と思うんです。つまり、夏の暖房《だんぼう》、冬の冷房のように無用のものということですね。

でも、「有用」か「無用」かということは、人間という愚かな生き物に本当にわかるのでしょうか。

不可解と、不条理を生きる

じつは、人間社会というものは、人間の頭ですべてが理解できるほど単純なものではありません。つまり、人間社会の複雑さを、人間の持っている情報処理能力で理解するということ自体がどだい不可能なんです。ということは、人間は常に不可解なもの、不条理なものを抱《かか》え込《こ》んで生きることになりませんか？　世の中に占いとか宗教が存在するのは、未来が予測できないからなんですね。だから、自分は頭がよい、したがって、未来は予測できると思った瞬間から、人間は過《あやま》ちを犯《おか》します（これは、誰かに対する皮肉ではありません、けっして）。

それは、一人の人間の人生についてもいえます。自分の人生ですら、すべてがコントロールできるものではありません。なぜ、わたしが今、こんな本を書いているのか。半

年前まで、予測すらできませんでした。つまり、自分にとってすら、自分の人生は不可解なものなんです。自分にとってすら、自分の人生は不条理なものなのです。明日、わたしは女子大生と駆け落ちするかもしれないし、今日死ぬかもしれない（ここで、第二章の「牛を売る者あり」を思い出したアナタは偉い）。だから、どう生きるべきかというのが、この本の隠されたテーマでしたよね。

愚かさを知る

そんな人生のなかで、いちばん大切なことは、自らの愚かさを知るということではないでしょうか。それにしても、この章では、いろいろなタイプの愚かな人びとに出逢《であ》いましたね。

修行を積んだ鳴神上人も、鼻の下を伸《の》ばして大失敗。自分でついたウソに、自分がだまされてしまった蔵人得業恵印。その自分のウソにだまされた恵印に同情して、恵印の夢を作品の中でかなえた芥川龍之介。しかし、その愚かさのなかに、それぞれの人の人たる魅力《みりょく》があるでしょう！　わたしは古典を通じて、そういう愚かなる人びとに出逢いました。なぜ古典を学ぶのか、ということについては、今もってわかりませんが、こんなところにわたしは無限のおもしろさを感じています。やっぱし、古典はおもしろいから読むんです。

学ぶこころと、遊ぶこころ

そこで、第四章の結論をお話ししましょう。結論を一言でいうと、

古典に遊ばないと、古典はわからないよ。

ということです。遊びというものは、人生に有用なもの？　無用なもの？　そんなことを考えるところから、人の人たる愚かさを知るべきじゃないの？　今、一番大切なことは。だって、人生そのものが不可解と不条理のかたまりなんだから。

えっ、結びの第四章の結論で、そんなこと？　と思うかもしれませんが、これをもって本章のまとめとします。

以上をもって、上野先生の四章からなる古典の授業を終わります。復習は各自やっておくように。ただし、チケット代や旅費は自分で工面してください。

起立、礼！　ご苦労さまでした。余談ばかりの授業をよく聞いてくれましたね。じゃあまた、どこかでお会いしましょう！

＊ Column 4 ＊ 注釈《ちゅうしゃく》ということ

「注釈」とは、作品と今の読者をつなぐ作業である。写本と写本との文字の異同を見て比較し、校訂《こうてい》と呼ばれる作業を通じてテキストを作り、現代人にはわかりにくい言葉や表現に注をつけ、現代の言葉に置《お》き換《か》える、といった作業である。

たとえば、わたしが研究している『万葉集』の注釈の歴史は、ざっと千年といわれている。研究というものは、当然進歩しているはずだが、時として三百年前の学者の説に、平成の学者が敗《やぶ》れたりすることもある。また、新しい学説だと思いきや、江戸《えど》時代の学者がすでに指摘《してき》しているということもよくある。

したがって、われわれ万葉研究者は、千年間行なわれているリレーの一走者に過ぎないのである。すでに冥界《めいかい》に入った過去の学者は、今の研究をどう見ているだろうか。また、千年後の学者は、平成の万葉学をどう見ているか。知りたいところである。その時々の学者たちは、その時々の読者の心に届くように、注釈をしてきたのである。

とすれば、注釈を行なう者は、現代の読者のことを忘れてはならないはずである。「春過ぎて　夏来たるらし　白妙《しろたえ》の　衣干《ころもほ》したり　天の香具山《かぐやま》」（巻一の二八）は、年中行事となっていた衣干しを見て、夏の訪《おとず》れを実感した歌である。肉まんのコマーシャルが、アイス・キャンディーに変わった時に、夏の訪れを感じるという現代人には、その生活実感に応じた注釈が必要なはずである。そうでなければ、平成の世に平成の注釈を作る必要などないのである。

『万葉集』には、火葬《かそう》の煙《けむり》で無常を詠《よ》んだ歌があるが、最新式の火葬場は煙が出ないそうである。そのうち、「かつては火葬をすると煙が出た」と注釈をしなければならない日が来るかもしれない。

引用古典と言及《げんきゅう》した文献《ぶんけん》の一覧

引用した古典の原文ないしは、書き下し文をのせることとします。本書の訳文と対照してみてください。また、引用した文献の解説を行なっています。参考にしてください。

16頁　『論語』学而《がくじ》第一

子曰《しいは》く、学びて時に之《これ》を習ふ、亦説《またよろこ》ばしからずや。朋《とも》、遠方より来《きた》る有《あ》り、亦楽《またたの》しからずや。人知らずして慍《うら》みず、亦君子《またくんし》ならずや。

（書き下し文、吉田賢抗『新釈漢文大系　第一巻　論語』明治書院、一九六〇年）

▽孔子《こうし》（紀元前五五一―前四七九）とその弟子《でし》たちの言行録。孔子の没後《ぼつご》に編纂《へんさん》がはじまり、漢代の初期には成立したと考えられている。『論語』は東アジアにおいてもっとも影響力《えいきようりよく》の大きい古典といえるだろう。

18頁　『荘子《そうし》』外篇《がいへん》　天道第十三

桓公《くわんこう》書を堂上に読む。輪扁《りんぺん》輪を堂下に斲《けづ》りしが、椎鑿《つゐさく》を釋《お》きて上《のぼ》り、桓公に問ひて曰《いは》く、敢《あへ》て問ふ、公の読む所は何の言《げん》と為《な》す、と。公《こう》曰く、聖人《せいじん》の言なり、と。曰く、聖人在《あ》りや、と。公曰く、已《すで》に死《し》せり、と。曰く、然《しか》らば則《すなは》ち君の読む所は、古人《こじん》の糟粕《さうはく》のみ、と。桓公曰く、寡人《くわじん》の書を読む、輪人《りんじん》安《いづく》んぞ議するを得んや。説《せつ》有《あ》らば則《すなは》ち可《か》なり。説無《せつな》くんば則《すなは》ち死せん、と。

輪扁曰く、臣《しん》や、臣の事を以《もつ》て之《これ》を観《み》るに、輪《わ》を斲《き》ること徐《じよ》なれば、則ち甘《かん》にして固《かた》からず。疾《しつ》なれば則ち苦《く》にして入《い》らず。徐ならず疾ならざるは、之を手に得て心に応《おう》じ、口に言ふ能《あた》はず。数《すう》有りて其《そ》の間《かん》に存するも、臣は以て臣の子に喩《をし》ふること能はず。臣の子も亦之《またこれ》を臣より受くること能はず。是《ここ》を以て行年《かうねん》七十なるも老いて輪を斲る。古《いにしへ》の人と其《そ》の伝《つた》ふ可《べ》からざるものとは、死せり。然らば則ち君の読む所は、古人の糟粕のみ、と。

（書き下し文、市川安司・遠藤哲夫『新釈漢文大系　第八巻　荘子（下）』明治書院、一九六七年）

▽荘子《そうし》（生没年不明）とその教えを受《う》け継《つ》ぐ人びとの考えを知ることのできる書物。荘子は、戦国時代の道家の思想家で、『荘子』は寓話《ぐうわ》やたとえで人間存在の意味を問う書物となっている。形成の経緯《けいい》や成立年代は不明。

23頁　『論語』為政第二

子《し》曰《いは》く、学びて思はざれば則《すなは》ち罔《くら》し。思ひて学ばざれば則ち殆《あやふ》し。

（書き下し文、吉田賢抗『新釈漢文大系　第一巻　論語』明治書院、一九六〇年）

25頁　『万葉集』巻十二の二九三九

恋云者　薄事有　雖然　我者不忘　恋者死十方

（原文、小島憲之・木下正俊・東野治之『新編日本古典文学全集　第八巻　万葉集　③』小学館、一九九五年）

▽八世紀の後半に成立したとみられる歌集。全二十巻、四五〇〇首あまりからなる。七世紀から八世紀の約一五〇年間の和歌が収められている。大伴家持《おおとものやかもち》が編纂に関《かか》わったとみられるが、成立の経緯は不明。

28頁　『荘子』外篇　天道第十三

世の道に貴《たふと》ぶ所《ところ》の者は、書なり。書は語《ご》に過ぎず。語には貴《たふと》ぶもの有《あ》り。語の貴ぶ所の者は、意なり。意には随《したが》ふ所有り。意の随ふ所の者は、言を以《もつ》て伝《つた》ふ可《べ》からざるなり。而《しか》るに世は言を貴ぶに因《よ》りて書を伝ふ。世之《これ》を貴ぶと雖《いへど》も、猶《な》ほ貴ぶに足らざるなり。其《そ》の貴きは其の貴きに非《あら》ざるが為《ため》なり。故《ゆゑ》に視《み》て見る可《べ》き者《もの》は、形と色となり。聴《き》きて聞く可き者は、名と声《こゑ》となり。悲《かな》しいかな、世人は形色名声《けいしよくめいせい》を以て、以て彼《か》の情を得《う》るに足ると為《な》す。夫《か》の形色名声《けいしよくめいせい》、果《はた》して以て彼の情を得るに足らず。則《すなは》ち知る者は言はず、言ふ者は知らず。而《しか》して世《よ》豈之《あにこれ》を識《し》らんや。

（書き下し文、市川安司・遠藤哲夫『新釈漢文大系　第八巻　荘子（下）』明治書院、一九六七年）

40頁〜46頁　『徒然草』第九十三段

「牛を売る者あり。買ふ人、明日《あす》その値《あたひ》をやりて、牛を取らんといふ。夜《よ》の間《ま》に、牛死ぬ。買はんとする人に利あり、売らんとする人に損あり」と語る人あり。

これを聞きて、かたへなる者の言はく、「牛の主《ぬし》、誠《まこと》に損ありといへども、又《また》大きなる利あり。その故《ゆゑ》は生《しやう》あるもの、死の近き事を知らざる事、牛、既《すで》にしかなり。人、又おなじ。はからざるに牛は死し、はからざるに主は存《ぞん》ぜり。一日《いちにち》の命《いのち》、万金《ばんきん》よりも重し。牛の値、鵝毛《がもう》よりも軽《かろ》し。万金を得て一銭を失はん人、損ありといふべからず」と言ふに、皆人嘲《みなひとあざけ》りて、「その理《ことわり》は牛の主に限るべからず」と言ふ。

又言はく、「されば、人、死を憎《にく》まば、生《しやう》を愛すべし。存命《ぞんめい》の喜び、日々に楽しまざらんや。愚《おろ》かなる人、この楽しびを忘れて、いたづかはしく外《ほか》の楽しびを求め、この財《たから》を忘れて、危《あや》ふく他《た》の財をむさぼるには、志《こころざし》、満《み》つ事なし。生ける間《あひだ》生を楽しまずして、死に臨《のぞ》みて死を恐《おそ》れば、この理《ことわり》あるべからず。人皆《ひとみな》生を楽しまざるは、死を恐れざる故なり。死を恐れざるにはあらず、死の近き事を忘るるなり。もし又、生死《しやうじ》の相《さう》にあづからずといはば、実《まこと》の理を得たりといふべし」と言ふに、人いよいよ嘲る。

（原文、神田秀夫・永積安明・安良岡康作『新編日本古典文学全集　第四十四巻　方丈記　徒然草　正法眼蔵随聞記　歎異抄』小学館、一九九五年）

▽吉田兼好《よしだけんこう》が著《あらわ》した随筆集《ずいひつしゅう》。一三三〇年から一三三一年にかけて成立したと考えられている。中世における知識人の思想を知ることができる書物。多くの人生訓《じんせいくん》を含《ふく》むためか、受験古文の大御所《おおごしょ》的存在になっている。

55頁　『万葉集』巻三の三四九

生者　遂毛死　物尓有者　今生在間者　楽乎有名

（原文、小島憲之・木下正俊・東野治之『新編日本古典文学全集　第六巻　万葉集　①』小学館、一九九四年）

72頁　『古事記』下巻、雄略《ゆうりやく》天皇条

亦《また》、一時《あるとき》に、天　皇《すめらみこと》遊《あそ》び行《あり》きて、美和河《みわがは》に到《いた》りし時に、河《かは》の辺《へ》に衣《きぬ》を洗ふ童女《をとめ》有り。其《そ》の容姿《かたち》、甚麗《いとうるは》し。天皇、其の童女を問ひしく、「汝《なむち》は、誰《た》が子《こ》ぞ」ととひき。答へて白《まを》ししく、「己《おの》が名は、引田部赤猪子《ひけたべのあかゐこ》と謂《い》ふ」とまをしき。爾《しか》くして、詔《のりたま》はし

むらく、「汝《なむち》は、夫《を》に嫁《あ》はずあれ。今喚《め》してむ」とのりたまはしめて、宮に還《かへ》り坐《ま》しき。

（書き下し文、山口佳紀・神野志隆光『新編日本古典文学全集　第一巻　古事記』小学館、一九九七年）

▽七一二年に成立した歴史書。上巻・中巻・下巻の三巻からなる。国家や皇室の起源を説明する神話や、神武《じんむ》天皇から推古《すいこ》天皇にいたる伝承や歴史が書かれている。

78頁　『常陸国風土記《ひたちのくにふどき》』那賀郡《なかのこほり》

そこより南に当《あた》りて、泉坂《いづみさか》の中に出《い》づ。多《さは》に流れて尤清《いときよ》く、曝井《さらしゐ》と謂《い》ふ。泉に縁《よ》りて居《す》める村落《むら》の婦女《をみな》、夏の月に会集《つど》ひて、布を浣《あら》ひ曝《さら》し乾《ほ》す。

（書き下し文、植垣節也『新編日本古典文学全集　第五巻　風土記』小学館、一九九七年）

▽奈良時代に成立した各国別の地誌。ただし、成立年代や経緯はそれぞれことなる。七一三年に出された官命によって、報告が提出された国々の地形・風土・産物、さらにはその地域において伝えられている言い伝えが収められている。

79頁　『万葉集』巻九の一七四五

三栗乃　中尓向有　曝井之　不絶将通　彼所尓妻毛我

（原文、小島憲之・木下正俊・東野治之『新編日本古典文学全集　第七巻　万葉集　②』小学館、一九九五年）

80頁 『今昔《こんじやく》物語集』巻第十一、原文を本文に引用

（馬淵和夫・国東文麿・稲垣泰一『新編日本古典文学全集 第三十五巻 今昔物語集 ①』小学館、一九九九年）

▽説話集。平安時代の終わりには成立していたとみられるが、成立の経緯は不明。説話は、天《てん》竺《じく》（インド）・震旦《しんたん》（中国）・本朝（日本）に大別されている。序もなく、未完の書であり、全三十一巻のうち三つの巻は現存しないものの、説話の百科事典的おもむきもある大著。

83頁 岩下俊作《いわしたしゅんさく》『富島松五郎伝《とみしままつごろうでん》』

▽岩下俊作が書いた中編小説で、直木賞候補ともなった。雑誌「九州文学」に発表されたのは、一九三九年だが、単行本として出版されたのは一九四一年（小山書店刊）。荒くれ者で無学な人力車夫・松五郎のひたむきな愛と、その悲しい結末を描いた小説で、『無法松の一生』

というタイトルでたびたび映画化され、いずれも大ヒットとなった。阪東妻三郎《ばんどうつまさぶろう》（一九四三年制作）、三船敏郎《みふねとしろう》（一九五八年制作）による松五郎の熱演は有名。また、村田英雄《ひでお》が歌ってヒットした歌謡曲《かようきょく》「無法松の一生」（一九五八年）は、今でもカラオケで人気がある。

86頁 『万葉集』巻七の一三一四

橡　解濯衣之　恠　殊欲服　此暮可聞

（原文、小島憲之・木下正俊・東野治之『新編日本古典文学全集　第七巻　万葉集　②』小学館、一九九五年）

89頁 『万葉集』巻七の一三一一

椽　衣人皆　事無跡　曰師時従　欲服所念

（原文、小島憲之・木下正俊・東野治之『新編日本古典文学全集　第七巻　万葉集　②』小学館、一九九五年）

90頁『万葉集』巻十四の三三七三

多麻河泊尓　左良須弖豆久利　佐良左良尓　奈仁曾許能児乃　己許太可奈之伎

（原文、小島憲之・木下正俊・東野治之『新編日本古典文学全集　第八巻　万葉集　③』小学館、一九九五年）

93頁　『伊勢《いせ》物語』第四十一段、「紫」

むかし、女はらから二人ありけり。一人はいやしき男のまづしき、一人はあてなる男もたりけり。いやしき男もたる、十二月《しはす》のつごもりに、うへのきぬを洗ひて、手づから張りけり。心ざしはいたしけれど、さるいやしきわざも習はざりければ、うへのきぬの肩《かた》を張《は》り破《や》りてけり。せむ方《かた》もなくて、ただ泣きに泣きけり。これをかのあてなる男聞きて、いと心ぐるしかりければ、いと清《きよ》らなる緑衫《ろうさう》のうへのきぬを見いでてやるとて、

むらさきの色こき時はめもはるに野なる草木ぞわかれざりける

武蔵野《むさしの》の心なるべし。

（原文、片桐洋一・福井貞助・高橋正治・清水好子『新編日本古典文学全集　第十二巻　竹取物語　伊勢物語　大和物語　平中物語』小学館、一九九四年）

▽歌物語。段階的に物語が集成されて、十世紀の中ごろには成立していたとみられる。悲劇の貴公子、在原業平《ありわらのなりひら》（八二五―八八〇）の一代記として読むこともできる。

107頁　歌舞伎《かぶき》「鳴神《なるかみ》」

当麻《たへま》「ハイ、御慮外《ごりよぐわい》ながら、ここを押《をし》て下さりませ」（ト鳴神の手をとり、当麻姫《ひめ》、ふところへ入《いれ》る）鳴神「ム、ここか〳〵」（ト押《おし》ながら、鳴神、一寸飛《ちよつととび》のく）当麻「何《なに》とぞなされましたかへ」鳴神「ア、、あじなものが手にさはつた」当麻「何がお手にさはりましたへ」鳴神「生れてはじめて、女子《をなご》の懐《ふところ》へ手を入れてみれば〇アノ、きやうかくの間《あひだ》に、何やらコウやわらかく、くゝり枕《まくら》の様なものが、こりや何じや」当麻「お師匠《ししやう》さまとした事が、それは乳《ちゝ》でございますわいナア」

（原文、郡司正勝『日本古典文学大系　第九十八巻　歌舞伎十八番集』岩波書店、一九六五年）

▽現在、劇場で演じられている「鳴神」は、明治四十三年（一九一〇）に、東京の明治座で演じられたものを基本として演じられている。これは、二代目市川左団次《さだんじ》が復活上演したもので、以後現在に至るまで人気演目となっている。なお、原文中の「当麻」が、雲の絶間姫のこと。

118頁　『宇治拾遺物語《うじしゅういものがたり》』巻第十一、「六　蔵人得業《くらうどとくごふ》、猿沢《さるさは》の池の竜《りよう》の事」

これも今は昔、奈良《なら》に、蔵人得業恵印《ゑいん》といふ僧ありけり。鼻大《おほ》きにて、赤かりければ、「大鼻の蔵人得業」といひけるを、後《のち》ざまには、ことながしとて、「鼻蔵人」とぞいひける。なほ後々《のちのち》には、「鼻蔵《はなくら》、鼻蔵」とのみいひけり。

それが若かりける時に、猿沢《さるさは》の池の端《はた》に、「その月のその日、この池より竜《りよう》登らんずるなり」といふ札《ふだ》を立てけるを、往来《ゆきき》の者、若き老いたる、さるべき人々、「ゆかしき事かな」とささめき合ひたり。この鼻蔵人、「をかしき事かな。我がしたる事を人々騒《さわ》ぎ合《あ》ひたり。をこの事かな」と、心中にをかしく思へども、「すかしふせん」とて空知らずして過ぎ行く程に、その月になりぬ。大方《おほかた》、大和《やまと》、河内《かふち》、和泉《いづみ》、摂津国《せつつのくに》の者まで聞き伝へて集《つど》ひ合ひたり。恵印《ゑいん》、「いかにかくは集る。何かあらんやうのあるにこそ。あやしき事かな」と思へども、さりげなくて過ぎ行く程に、すでにその日になりぬれば、道もさりあへず、ひしめき集る。

その時になりて、この恵印思ふやう、「ただごとにもあらじ。我がしたる事なれども、やうのあるにこそ」と思ひければ、「この事さもあらんずらん。行きて見ん」と思ひて、頭《かしら》つつみて行く。大方近う寄りつくべきにもあらず。興福寺《こうふくじ》の南大門《なんだいもん》の壇《だん》の上に登り立ちて、「今や竜の登るか登るか」と待ちたれども、何《なに》の登らんぞ。日も入りぬ。

（原文、小林保治・増古和子『新編日本古典文学全集　第五十巻　宇治拾遺物語』小学館、一九九六年）

▽説話集。十三世紀の初頭には成立していたとみられるが、その後も後人によって増補されていた形跡を認めることができる。一九七話からなり、仏教説話だけでなくさまざまな性格の説話が収められている。

122頁　芥川龍之介《あくたがわりゅうのすけ》「竜」

「すると恵印《えいん》がそこへ来てから、やがて半日もすぎた時分、まるで線香《せんこう》の煙《けむり》のような一すじの雲が中空《なかぞら》にたなびいたと思いますと、見る間にそれが大きくなって、今までのどかに晴れていた空が、俄《にわか》にうす暗く変りました。その途端《とたん》に一陣の風がさっと、猿沢の池に落ちて、鏡のように見えた水の面に無数の波を描《えが》きましたが、さすがに覚悟《かくご》はしていながら慌《あわ》てまどった見物が、あれよあれよと申す間もなく、天を傾《かたむ》けてまっ白にどっと雨が降り出したではございませんか。のみならず神鳴《かみなり》も急に凄《すさま》じく鳴りはためいて、絶えず稲妻《いなずま》が梭《おさ》のように飛びちがうのでございます。それが一度鍵《かぎ》の手に群《むらが》る雲を引《ひ》っ裂《さ》いて、余る勢いに池の水を柱のごとく捲《ま》き起《おこ》したようでございましたが、恵印の眼《め》にはその刹那《せつな》、その水煙と雲との間に、金色《こんじき》の爪《つめ》を閃《ひらめ》かせて一文字に空へ昇《のぼ》って行く十丈《じゅうじょう》あまりの黒竜が、朦朧《もうろう》として映りました。が、それは瞬《またた》く暇で、後《あと》はただ風雨の中に、池をめぐった桜《さくら》の花がまっ暗な空へ飛ぶのばかり見えたと申す事でございます――度を失った見物が右往左往に逃《に》げ惑《まど》って、池にも劣《おと》らない人波を稲妻の下で打たせた事は、今更《いまさら》別にくだくだしく申し上るまでもございますまい。

「さてその内に豪雨《ごうう》もやんで、青空が雲間《くもま》に見え出しますと、恵印は鼻の大きいのも忘れたような顔色で、きょろきょろあたりを見廻《みまわ》しました。一体今見た竜の姿は眼のせいではなかったろうか――そう思うと、自分が高札を打った当人だけに、どうも竜の天上するなどと申す事は、なさそうな気も致して参ります。と申して、見た事は確かに見たのでございますから、考えれば考えるほど益不審《ますますふしん》でたまりません。そこで側《かたわら》の柱の下に死んだようになって坐《すわ》っていた叔母《おば》の尼《あま》を抱《だ》き起《おこ》しますと、妙《みょう》にてれた容子《ようす》も隠《かく》しきれないで、『竜を御覧《ごろう》じられたかな。』と臆病《おくびょう》らしく尋《たず》ねました。すると叔母は大息をついて、しばらくは口もきけないのか、ただ何度となく恐《おそ》ろしそうに頷《うなず》くばかりでございましたが、やがてまた震《ふる》え声で、『見たとものの、見たとものの、金色《こんじき》の爪ばかり閃《ひらめ》かいた、一面にまっ黒な竜神《りゅうじん》じゃろが。』と答えるのでございます。して見ますと竜を見たのは、何も鼻蔵人《はなくろうど》の得業恵印《とくごうえいん》の眼のせいばかりではなかったのでございましょう。いや、後で世間の評判を聞きますと、その日そこに居合せた老若男女《ろうにゃくなんにょ》は、大抵皆《たいていみな》雲の中に黒竜の天へ昇る姿を見たと申す事でございました。

「その後恵印は何かの拍子《ひょうし》に、実はあの建札は自分の悪戯《いたずら》だったと申す事を白状してしまいましたが、恵門を始め仲間の法師は一人もその白状をほんとうとは思わなかったそうでございます。これで一体あの建札の悪戯は図星《ずぼし》に中《あた》ったのでございましょうか。それとも的《まと》を外れたのでございましょうか。鼻蔵《はなくら》の、鼻蔵人《はなくろうど》の、大鼻の蔵人得業《くろうどとくごう》の恵印法師に尋ねましても、恐らくこの返答ばかりは致《いた》し兼《か》ねるのに相違《そうい》ございますまい…………」

（原文、芥川龍之介『芥川龍之介全集3』ちくま文庫、一九八六年）

▽芥川龍之介《あくたがわりゅうのすけ》（一八九二―一九二七）の短編小説。芥川は、「鼻」で夏目漱石《そうせき》から激賞を受け、文壇《ぶんだん》に認められる。以後、古典を題材にした短編歴史小説という新領域を開拓《かいたく》していった。「竜」もその一つ。芥川は、叔母《おば》の尼《あま》という身内を登場させることによって、さらに困って嘘《うそ》を嘘で取《と》り繕《つくろ》う恵印の心を、描《えが》いている。

芥川は、竜を昇天《しょうてん》させたが、すると恵印は自分の嘘を他人にバラしてしまう。ところが、今度は恵印が嘘をついたということを他人は信じてくれない。ここに、心理の逆説や、人生の皮肉が描かれている、といえるだろう。

あとがき

滞在先《たいざいさき》の赤坂のホテルにやってきた若い女性編集者は、名刺交換《めいしこうかん》もそこそこに、堰《せき》を切ったように話しはじめた。話の要点は、今までになかった古典の入門書を書いて欲《ほ》しいということらしい。それは、わたしにしか書けぬという。曰《いわ》く、

これまでの入門書は、「元優等生による、今の優等生のための入門書」で面白《おもしろ》くありません。上野先生なら、型破りなものを書いていただけると思いまして。

ええっ、ちょっと待てよ、ということは、俺《おれ》は優等生ではないのか?! わたしは「黙《だま》れ無礼者、斬《き》ってくれよう」と刀を抜《ぬ》きたいところであったが……。そのたとえの巧《たく》みさに思わず苦笑してしまった。それに、高校時代の成績とてけっしてほめられたものではなかったし、わたしのキャリアもエリートとはほど遠いものである。結局、執筆《しっぴつ》の約束をして、わたしは羽田空港を後にした。

ただ、彼女《かのじょ》にはいわなかったが、わたしにはひそかな成算があった。近年、高校と大学の連携《れんけい》が進み、大学の教員による高校生のための出前授業が盛《さか》んになってきている。わたしは、多い月には授業や講演で十回以上、高校生に話しかけている。この本のベースになっているのは、その出前授業の手控《てびか》えなのである。

本書の骨子は、次の高校で語った内容を、手控えをもとに、書き下ろしたものである。わが懐《なつ》かしき母校である福岡《ふくおか》大学附《ふ》属大濠《ぞくおおほり》高校、日本一元気な国語科が設置されている大阪《おおさか》市立南高校、地の利を生かした歴史教育で知られる奈良《なら》市立一条高校の三校で語った授業内容を、心の中で再現しながら書いたものである。授業を聞いてくれたすべての高校生にはただただ感謝。また、福岡県国語教育部会の諸先生には、成稿《せいこう》の過程で貴重なご意見をいただいた。

最初は、口述筆記も考えたのだが、すでに行なった授業のことを思い出しながら、新たに読者に語りかけながら書いた方が、よりくだけた文体になることに気付いて、書き下ろすことにした。それが、この出来損《できそこ》ない青春小説風の古典入門書の正体なのである。

だから、恥《は》ずかしいほどやんちゃな文体になっている。

たぶん、一部の読者にはすでに見破られていると思うが、歴史とは過去との対話と割り切るE・H・カーの思想や、古典を実感する研究方法を模索《もさく》し続けた折口信夫《おりくちしのぶ》の影《えい》響《きょう》が強いことは、見ての通りである。過去と無縁《むえん》の現在などどこにも存在しない。だから、今を生きるために過去に学ぶべきである。しかし、大切なのは過去ではなく今と自己である、という本書のドグマの出所もそこにあることは否定しない。これは繰《く》り返《かえ》し述べたところである。

唯一《ゆいいつ》、加わっている点があるとすれば、わたしがここ数年、高校生と格闘《かくとう》して得たものであろう。授業をしていて思うのは、今日においては古典を学ぶことの意義を見出すことがはなはだ難しい、ということである。どうして、古典を勉強しなくてはいけないのか、という問いに対して、われわれ教師はどれほどの答えを用意して教室に臨《のぞ》んでいるか。よい古典を読む⇓よい人間になる⇓幸福になる、そんなチャートがフィクションであることは、高校生もよくわかっている。彼《かれ》らは、テストのためにがまん強く授業を聞いてくれ、われわれ教師の作ったフィクションにちゃんとおつきあいをしてくれている。高校生は、恐しいほど冷徹《れいてつ》だ。

ならば、わたしにできることは何か？　自分がおもしろいと思うことを全身全力で伝えることしかないようだ。古典おもしろ主義の授業である。後は、彼らの判断に任せるしかない。時にピエロのようにも見える自分を励《はげ》ましながら、わたしは今日も教壇《きょうだん》に立つ。

このわたしの切ない思いを掬《すく》い取《と》ってくださったプリマー新書編集部の松田哲夫さん、伊藤笑子さんには、記して感謝の意を表したいと思います。自分のやるべきことが再確《さいかく》認《にん》できました。多謝。

二〇〇六年二月八日

奈良町てんてん・かふぇにて著者しるす

ちくまプリマー新書 033

おもしろ古典教室《こてんきょうしつ》

二〇〇六年四月　十　日　初版第一刷発行
二〇一九年九月二十五日　初版第三刷発行

著者　上野誠（うえの・まこと）
装幀　クラフト・エヴィング商會
発行者　喜入冬子
発行所　株式会社筑摩書房
東京都台東区蔵前二－五－三　〒一一一－八七五五
電話番号　〇三－五六八七－二六〇一（代表）
印刷・製本　株式会社精興社

ISBN978-4-480-68734-0 C0291　Printed in Japan